AF493318

ANTONIO LEÓN VÁSQUEZ

ARISTA

CIUDADANA DE LA UNIDAD Y EL EQUILIBRIO

ARISTA.
Ciudadana de la Unidad y el Equilibrio
Autor: Antonio León Vásquez

Editado por:
Antonio León Vásquez.
antonioleon2007@hotmail.com
Leonidasav8@gmail.com
El salvador CA

ISBN:
97899961-2-327-6
Depósito Legal:
409-2020
Primera edición
Maquetación, diseño y producción:
©Antonio León Vásquez

ÍNDICE

DEDICADO A:

Mi familia cósmica en algún lugar del Universo.
Mi familia de siembra estelar, Papá, Mamá y hermanos.
Mi familia inmediata: Marta mi esposa, mis hijas Martha Eugenia y Ana Marcella.
Y a todos los que soñamos trascender en este complejo planeta...

PRÓLOGO

Durante años he sido del gusto de la ciencia ficción, me atrajo la lectura del tema ufológico, de la existencia cuestionada de seres de otros mundos, probablemente hayan incrédulos en este fenómeno, en lo personal garantizo que esta historia que están a punto de leer, les hará pasar un buen rato, pensado para niños, jóvenes y adultos, cuando inicié con este proyecto lo hice de una manera fluida, pareciera que me dictaban cada palabra, considero que los tiempos de pandemia dieron los espacios, fue fácil darle vida a una historia que comienza hace muchos siglos, cuando las civilizaciones de nuestros ancestros poblaban América, y fuerzas oscuras representadas por los Reptilianos convivían solapadamente en nuestro territorio, todo transcurría con normalidad hasta que una invasiva peste y gran sequía, los obligo a refugiarse en el mundo interno de la Tierra.

Bajo un acuerdo secreto, los hermanos mayas con similar vibración, son rescatados por varias naves Galaxi comandadas por Arita, sin embargo, los Reptilianos desde sus territorios inician una terrible batalla que se agudizó; luego de una persecución de naves enemigas quedando atrapada luego de un fatídico accidente en la luna, esto obligo a los Galaxi a tomar medidas más sigilosas en vista de ser una raza pacífica y amorosa.

Las misiones a la Tierra continúan a pesar de los altos costos en vidas para los hermanos Galaxi, muchos siglos terrestres después, su hija Arista, retorna en búsqueda de su madre.

Luego de un fatal ataque a la nave donde viajaba, un escuadrón de militares traslada a los sobrevivientes a una base secreta, ahí trabaja el Doctor Hilman, director del proyecto Ufológico, quien es cautivado por la mujer más bella que haya conocido, arriesgando su vida la saca de la base secreta y la lleva a vivir a su casa de campo, donde conviven por algunos años hasta descubrir que lamentablemente su cuerpo se está envejeciendo prematuramente. Posteriormente naves Galaxi la rescatan, convertida en una persona de avanzada edad.

El tiempo transcurre, el científico Hilman también envejece, sin embargo, nunca deja de pensar que algún día, ella volverá y efectivamente, así sucede. Ya en Galaxi le devela muchos secretos, incluyendo el de los Reptilianos, una verdad ancestral, más antigua que la misma vida sobre el planeta. Es avalada para retornar a la Tierra, y no solo podrá recuperar el cuerpo de su madre sino ser parte activa en la liberación de la tierra, erradicando la raza maligna de baja vibración identificada como el Antiamor.

Este giro en los objetivos de la misión permitió que fuera avalado por la confederación intergaláctica a Xilon, un guerrero de luz, envestido con la comandancia plenipotenciaria de la misión, con la finalidad de liberar a la Tierra.

Luego de tres días de oscuridad, tras una batalla campal, los seres de baja vibración, Reptilianos y fuerzas oscuras son erradicados de la tierra haciendo que esta por fin trascienda a la frecuencia del amor de manera única, real y permanente. Esto le permite a la Tierra poder no solo trascender, sino, ser parte de la confederación intergaláctica.

Durante algún tiempo estuve engullido en esta fantástica historia, no hay duda que los tiempos de pandemia me permitieron hacerlo, pido disfruten sin la rigurosidad de un experto, déjese llevar por la historia y viaje como lo hice, sin necesidad más que nuestra poderosa imaginación. Adelante mis amigos.

Capítulo 1

Año 860 d.C., en Tierras ancestrales de los mayas

Arita observa un mapa interestelar en un enorme holograma, pulsa un punto específico con su dedo índice y ubica la Tierra. Mediante un acercamiento, visualiza todas las civilizaciones extendidas a lo largo y ancho del planeta, detectando como el antiamor la ha invadido, ya que la predominancia del color rojo muestra los altos niveles de contaminación.

Apostada en una pronunciada colina, divisa gigantes cabezas hechas en piedra que se observan en varios lugares. Éstas tienen un rostro sereno, todas miran al cielo; no hay duda, son estatuas de sus hermanos de la unidad y el equilibrio.

Esas efigies muestran la delicadeza de una cultura milenaria influenciada por sus hermanos, pero hoy contaminada por el antiamor.

La Tierra estaba sobrepoblada, grandes pirámides y estelas sobresalían. Eran verdaderas urbes rodeadas de grandes bosques que parecen islas. Alrededor de las poblaciones se divisaban chozas que a gran distancia se perdían en la inmensidad de aquellos copiosos bosques;

columnas de humo se desprendían del suelo, alzándose y disipándose en el cielo.

El atardecer teñía el cielo de encendidos colores. La mágica verdura del territorio avivaba la esperanza de aquel lugar, visitado muchas veces por Arita, y que hoy lamentablemente, la gente tenía que abandonar, pues la peste y la sequía eran incontenibles. La muerte deambulaba por doquier. Tanta era la contaminación, que los Reptilianos, horrorizados por el hedor a putrefacto, se vieron obligados a internarse en sus cavernas mientras pasaba aquella peste.

La esbelta figura de Arita era acentuada por un traje muy ajustado que se extendía hasta sus muñecas. Su pelo corto de color canela contrastaba con aquellos ojos verdes, ligeramente sesgados, que atrapan a cualquiera que tuviera la osadía de mirarlos.

Ella, como de costumbre, se camuflaba con la vestimenta típica de la zona que visitaba; así pasaba desapercibida a los habitantes comunes.

Mientras tanto, los hermanos de la unidad y el equilibrio tenían que acelerar los procesos de persuasión. No había tiempo que perder, los tiempos estaban llegando a su final. En los centros ceremoniales, se habían incrementado los ritos religiosos, la angustia era generalizada, el agua se había agotado en los estanques aledaños a las pirámides. Las fuentes de agua inexplicablemente se habían secado. Sin duda, los ancianos perdían credibilidad. Las muertes a causa de los sacrificios no eran escuchadas por sus Dioses.

Todos coincidían en que se había profanado tierras sagradas, la furia de sus ancestros ya castigaban sin piedad.

Era lógico pensar que las condiciones para marcharse eran ideales, pues los líderes Reptilianos estaban refugiados en sus asentamientos subterráneos. Las condiciones climáticas eran adversas. Las poblaciones estaban en caos; algunas, inclusive, invadían los centros ceremoniales. Los guerreros guardianes tuvieron que repeler a los invasores, generando grandes conflictos.

Arita esperaba la última intervención del majestuoso Supremo Itzamná, considerado un Dios. Ella sabía que es hijo de un ancestro del señorío naciente de Cuscatlán, a quien los Hermanos de la Unidad y el Equilibrio apoyaban; inclusive, estuvo en Galaxi. Esta relación provocó la gestación de odio a su tierra, pues los Reptilianos jamás pudieron penetrar. Su pueblo abrigó el amor y la esperanza. Se volvieron muy habilidosos en el arte de la cerámica; muchos de los artesanos fueron llevados a las grandes urbes con el fin de embellecer las estructuras del Supremo.

Itzamná es grande en sabiduría. Su reconocimiento era indudable a largo y ancho del mundo indígena, desde la península de Yucatán hasta la selva hondureña.

Extrañamente, nadie se atrevía a tocar tierras del gran Sihuatehuacán, pues misteriosas fuerzas cegaban a los invasores y se perdían en el trayecto; poseían las más filosas lanzas y cuchillos hechos de la peligrosa oxidiana. También eran reconocidos por tener su propio juego de pelota y a los mejores jugadores.

Sólo los hermanos de corazón puro penetraban los senderos del gran Sihuatehuacán. Sus vestimentas de color azul oscuro tenían como base el añil y mostraban su esplendor en los ceremoniales de la gran pirámide conocida como Chalchihuite, donde los hermanos de la unidad y el equilibrio, décadas antes, dejaron un legado de amor universal.

Arita, como siempre, tenía su pequeña nave Luciérnaga de exploración, equipada con un sofisticado sistema de comunicación que le permitía estar constantemente en contacto con los demás miembros de la misión. Estos le alertaron de la amabilidad y bondad del Supremo Itzamná, quien le pidió que su conversación se desarrollara antes de lo previsto.

Los cielos estaban oscureciendo, las grandes selvas se estremecían, crujían sus ramas, parecían entender la desesperante convivencia de sus hermanos.

Arita abordó su nave, alzó vuelo, pronto la oscuridad se volvió vasta. Eran momentos de gran adrenalina, pues en su mundo no existía; esta experiencia le generaba confusión. Frente a su tablero de comando y lucecitas palpitantes, Arita suavemente se fue internando en las densas nubes, luego de un fugaz movimiento se desplazó al territorio del Dios Itzamná. En cuestión de minutos, divisaba la gran urbe de Sihuatehuacán, quizá la única de los imperios que permanecía intacta debido a los acontecimientos de su entorno. En la cúspide de la gran pirámide, un sacerdote que estaba postrado levantó su rostro hacia el cielo. Arita podía sentir su inmaculada presencia y espiritualidad. Era el gran Itzamná, soberano de las tierras bendecidas, cuyos habitantes por común acuerdo habían decidido abandonarlo todo y viajar hacia un nuevo mundo.

La nave descendió hasta la altura de la gran pirámide. Arita bajó y se encaminó hacia el gran soberano.

— ¡Hermana del cielo!, —exclamó el anciano.

—El Amor universal y la gracia misma este contigo... vuestros hermanos han conversado ampliamente conmigo y mis consejeros; hemos coincidido que estaremos listos para cuando bajen tus naves.

— ¡Gran Patriarca! ¡En buena hora! Tu pueblo precederá los tiempos. Esta tierra muere, tu gente llena de gracia debe salvarse.

—¡Así sea! Amadísima hijita del cielo, que vuestra compasión para con mi pueblo, engrandezca tu amor universal.

—¡Gran Patriarca!, muchos pueblos del otro lado del mundo, donde el *Jibalión* rebuzna de ira, ya fueron evacuados. Por supuesto, hay alerta en todo el continente. Naves guerreras circundan los espacios, haciendo más difícil vuestro rescate. Los Reptilianos se han desenmascarado ante la pérdida de esclavos y alimento. Su tiempo está por expirar, no pueden continuar los sacrificios y sanguinarias batallas por el poder territorial.

Mientras hablaba, Arita advirtió vibrar el brazalete de su mano derecha, lo que puso en estado de alerta a aquella angelical mujer. tocó el dispositivo y su nave desapareció en cuestión de segundos; simultáneamente surcaron los cielos dos enormes naves Reptilianas, que sin lugar a dudas atemorizaron al mismo Dios Supremo Itzamná.

—¡Hermanita del Cielo! ¡exclamó el Dios Itzamná!, ¿Cuándo será nuestra retirada?; nuestros hermanos rendirán honor por última vez a nuestra madre Tierra, como agradecimiento, pues nos abrigó, nos alimentó y permitió que nuestros ancestros estuvieran jubilosos de nuestra gloria en el Amor Universal.

— ¡Gran Patriarca!, ¡nuestras naves están por llegar! tendremos el abordaje tan rápido como podamos.

Todo debe estar listo. Podrás llevar aves, ganado, todo lo que tú quieras conservar, nuestras naves son grandes y seguras. Da instrucciones a tu pueblo porque el tiempo está agotado.

Un golpe al suelo con su báculo hizo sonar pequeñas esferas pegadas en su extremo superior. Esto permitió que al momento estuvieran sus principales servidores hablando su propio idioma; sostuvieron una álgida conversación para definir acciones a seguir.

Arita entendía todo cuanto hablaban. Se daba cuenta de que su mensaje estaba asimilado, que su misión estaba por buen camino. Se sentía emocionada, aunque el ambiente era tenso. Se escuchaban fuertes silbidos de conchas en los cuatro puntos cardinales que llamaban a la concentración. Miles de hermanos se reunían en la plaza mayor. Iniciando una gran ceremonia de agradecimiento a la Madre Tierra por todo el amor que les había prodigado.

Grandes viandas de comida se extendieron a lo largo y ancho del atrio ceremonial. Todos los hermanos en el

Amor Universal cantaban a la madre Tierra. Pitos, tambores y sonoros golpes semejaban grandes truenos. El cielo estrellado era fiel testigo de aquel último y sagrado evento.

La bella Arita, en medio de aquella monumental ceremonia, recordó con suma emoción los mismos instantes vividos en África, en la gran ceremonia de despedida donde Los Chitauras habían contaminado con el Antiamor los corazones de los zulús… pero que después gozaron de armonía universal, fuera de La Vía Láctea. Mientras sus recuerdos afloraban, danzas ancestrales conmovían los corazones de los cuscatlecos, señorío de Itzamná.

Algunas horas después, un silbido agudo ensordecedor sonó abruptamente y alertó a todos los hermanos. Poderosos rayos luminosos emanaban del cielo. Parecía que el mismo sol estaba cayendo. Simultáneamente, todos se hincaron desde donde estaban, colosales naves aterrizaban lentamente sobre las pirámides. El espectáculo era abrumador; se oían llantos de mujeres y niños, los hombres asustados y temerosos, esperaban indicaciones para el abordaje.

Los hermanos de la unidad y el equilibrio bajaron de las naves. Una comisión de alto rango definió los protocolos de abordaje; la idea era que al primer rayo de sol las naves abandonaran la tierra.

—¡Todo estaba previsto!,—expresó el Gran Patriarca Itzamná. ¡Qué se regocijen nuestros ancestros porque hacia ellos vamos! ¡Qué nuestros hermanos recapaciten, pues la ira de nuestro planeta reclama venganza! ¡Hasta pronto, madre Tierra!, compadécete de tus desobedientes hijos. Nuestros campos se quedan, pero los recuerdos inmortalizados en cada uno de nuestros corazones se marcharán con nosotros.

Golpeó con su báculo al suelo y así dio por terminada su estancia en la Tierra. Al frente confiado y seguro caminó guiando a su pueblo hacia la majestuosa nave intergaláctica. Una vez ingresó el último hermano, estas se levantaron en silencio, simultáneamente, Arita corría hacia su nave Luciérnaga con el fin de acoplarse.

En breves segundos, se internó en una de ellas; pronto un enorme zumbido seguido de un chispazo elevó las naves hasta perderse en el infinito.

Mientras tanto, un rayo de luz muy tenue se asomó entre aquellas estructuras, era la luz de un nuevo día, testigo silencioso del éxodo de una civilización llena de amor en Unidad y Equilibrio, que bajo su propio riesgo partían hacia un mundo desconocido.

Capítulo 2

Algunos años después…

Arita retornó a la Tierra en una nave luciérnaga. Podía observar como las civilizaciones se habían desplazado al sur. Le embargaba la tristeza, pues los Reptilianos nuevamente habían invadido el corazón de los hermanos indígenas, lo que significaba que la lucha entre el bien y el mal no había terminado.

Arita contactó a los hermanos de la unidad y el equilibrio para informarles sobre los avances para nuevos rescates, pues cada batalla se volvía más salvaje.

Hermanos guerreros de Marte ahora acompañaban esta interminable batalla. Diversas misiones en todo el mundo se reportaban. La confederación intergaláctica aceptaba en buena hora el desarrollo de los humanos; deseaban que su espiritualidad fuese equivalente a la de ellos. Pero el antiamor era inadvertido, escurridizo; como vino dulce embriagaba el corazón de los hermanos. Sacrificaban el amor, cayendo fácilmente en las garras del mal. Sus imperios crecían como la espuma, para luego sucumbir en batallas estériles hasta destruirse por la ambición y el poder.

Era más frecuente ver naves Reptilianas surcando los aires, el trabajo de los Galaxi y marcianos era clandestino. Tenían que recurrir a la estrategia de desmaterializar sus naves, si querían evitar batallas campales en Tierra; sin embargo, esos recursos cada día se volvían obsoletos, pues también los enemigos conocían sus estrategias.

Los rumores cada día eran más fuertes. Nuevas misiones de Galaxi manifestaban la posibilidad de retirarse de la Tierra, pues muchos hermanos estaban cayendo en estériles batallas. En realidad, los Galaxi nunca fueron guerreros, simplemente eran mensajeros del amor. Abrazaban el sentimiento noble, jamás el odio, jamás la guerra, su influencia amorosa permitía que el desarrollo de la ciencia, la astronomía y el arte fueran sus prioridades; a diferencia de sus enemigos que fomentaban el combate, la guerra, la ambición, y eran presagiadores de la muerte.

Arita estaba muy turbada. El estrado mayor le daba todo el respaldo, pero, aun así, las cosas en la tierra eran más complicadas. Los grandes imperios a lo largo y ancho del planeta estaban contaminados con el antiamor. Aztecas, Incas y remanentes Mayas se habían reagrupado después del gran rescate de años atrás. Los Reptilianos no solo habían penetrado los corazones, sino que habían despertado en la gente del otro lado del mundo el interés por estas tierras, por lo que se avecinaba, más guerra, más odio, más tortura y muerte. Ella estaba segura de que la llegada de los conquistadores europeos era una apuesta más de los Reptilianos por alimentar su ego y su maldad.

Arita continuaba surcando los cielos, monitoreando cómo las civilizaciones en el continente nuevamente estaban tratando de resurgir. Pronto divisó las pirámides desoladas de Chalchihuite y las pirámides de Tikal; recién había sobrevolado las de Copán, viendo que todas las fuentes de agua se habían convertido en grandes áreas desérticas.

Inesperadamente, una violenta explosión hizo reaccionar a la bella Arita. Casi sintió perder el control de su Luciérnaga, hermanos Galaxi estaban enfrentándose en los aires. Escuadrones de naves marcianas también intervenían. Los aliados del Antiamor parecían invencibles; rayos y centellas se alcanzaban a divisar. Todo se daba bajo una tormenta descomunal. Nadie podría creer lo que pasaba en los cielos.

— ¡Arita! ¡Arita! ¡Debes acoplarte! Sólo quedan dos naves enemigas. Los marcianos te van a escoltar. ¿Me escuchas, Arita? Era la voz de una hermana Galaxi que comandaba una gigantesca nave. Su voz se es cuchaba entrecortada, pues la tormenta era amenazante y turbadora.

—¡Entendido! Te pido pulsación máxima. Intento acoplarme bajo condiciones extremas. La turbulencia parecía inmanejable. Pero no era la primera vez que esto sucedía. Arita en la inmensidad del universo ya había sobrevivido a lo mismo.

Una enorme explosión sacudió a la Luciérnaga, muy cerca, una nave Reptiliana había sido alcanzada por los marcianos, unos fogonazos con enormes estelas de humo pintaban los cielos, quedando tan solo una nave enemiga, la que aparentemente se desvanecía al verse desprotegida opto por escapar. Mientras tanto, la luciérnaga se acoplaba a la nave intergaláctica de Galaxi.

Una voz de alarma puso nuevamente en vilo a los tripulantes; al anunciar que aún eran perseguidos por la nave enemiga.

Tres naves marcianas escoltaban la nave Galaxi, dejando la Tierra en breves minutos; se advertía la gran luminosidad que quedaba atrás. Las cuatro naves muy veloces se desplazaban hacia los confines del universo.

Todo marchaba bien, hasta que inesperadamente un poderoso y cegante rayo impactó la nave Galaxi en la que Arita se había acoplado.

—¡Nos ha sacado de curso! ¡Nos ha sacado de curso! ¡Protocolo de emergencia! ¡Alunizaremos! ¡Prepárense para alunizar! Un silencio marcó el momento en que la nave adentraba en la superficie lunar.

Las naves marcianas solo pudieron ver cómo se desprendía del escuadrón, cayendo sobre el satélite sin poder hacer nada, pues sabían con certeza que la luna era impenetrable fortaleza de los Reptilianos.

Mientras en la cabina de control de la nave a la deriva, todos se ponían en alerta; la nave había perdido toda potencia.

—¡Activar protocolo de emergencia! —exclamó el jefe de la misión. Haciendo que todo el equipo de manera organizada tomara el control de sus respectivas asignaciones. La atracción gravitacional de la luna los había atrapado; sin lugar a dudas, la gran nave se adentraba al satélite donde el poder de las fuerzas oscuras del Antiamor reinaban.

Capítulo 3

Una nueva explosión hizo sacudir violentamente la nave interestelar, caos, incertidumbre, luces intermitentes y parpadeantes reflejos envolvían a los tripulantes quienes desesperadamente se refugiaban entre los escombros, habían sido impactados por más disparos, los pilotos no lograban controlar la nave a la deriva.

Efectivamente eran asediados, no lograban estabilizarse; sin ningún reparo eran escoltados a un inminente descenso, adentrándose a la luna; un satélite conquistado por Reptilianos.

La nave se profundizaba lentamente hacia la superficie rocosa del satélite, el equipo líder estaba consiente que no había mucho que hacer, sendas naves Reptilianas los escoltaban, las mismas que recientemente les habían impactado con un poderoso y certero disparo.

—¡Atención!, hermanos!, se activa protocolo de máximo peligro, suplico asumir posiciones, expresaba líder al mando.

Todo mundo tomaba sus posiciones, Arita presentía que se avecinaban grandes emociones, muy cerca de los controles centrales estaba Aurea su mejor amiga y compañera, quien por muchos años terrestres les acompañaba a las exploraciones de la tierra; se vieron mutuamente, de sus bellos ojos verdes se desbordaron lágrimas, corrieron a encontrarse en un conmovedor abrazo. No se dijeron nada; sus pensamientos se neutralizaron, pero sin duda se reconfortaron.

Justo en ese momento, un impacto sacudió aquella enorme nave interestelar, esta se estremecía de un lugar a otro, todos cayeron al suelo y empezó a salir humo blanquecino por todas partes, grandes compuertas se empezaron a abrir, siendo recibidos por gigantes lagartos erguidos con sofisticadas armas que golpearon a cada Galaxi que salía casi asfixiado.

No emitían ningún sonido que fuese comprensible, más bien era como un chillido agudo, sus imponentes cuerpos sobresalían de los Galaxi, pero no había duda que sus ojos amarillos con una línea vertical al centro del ojo, semejaban a los ojos de un cocodrilo o a los de una serpiente, con suma facilidad los tomaban con una sola mano y sus pies colgaban holgadamente; cada Galaxi era trasladado a una cueva húmeda y lodosa donde las sombras y la oscuridad abrigaban a aquel frío lugar.

Aurea quien por formación era médico dio los primeros auxilios a varios de sus compañeros, Arita mostraba una herida sangrante en su cabeza, pero no era de gravedad, sin embargo, su cansancio era advertido por Aurea.

—¡Arita!, debes descansar.

—¡Sí!, ¡trataré!, mis ojos están cansados, pero mi pensamiento está muy acelerado.

—¡No hay nada que hacer Arita!, simplemente descansemos.

Arita asintió con su cabeza, buscó acobijarse frente a una llorosa pared de la cueva y se recostó junto a una roca, sentía que el aire era contaminado y sofocante, mientras sus emociones se iban acomodando su cuerpo lentamente se desvanecía.

Un agudo y grotesco chillido acompañado de una sacudida en su cuerpo la hizo reaccionar , aun estando cansada; al abrir sus ojos se vio volando por los aires y pudo alcanzar a ver al enorme lagarto erguido, musculoso, con su cuerpo verdoso oscuro y un atuendo extraño muy pegado a su cuerpo, al caer Arita se dio cuenta que Aurea ya estaba atrincherada con otros hermanos Galaxi en una carreta, la cual era arrastrada con mucha facilidad por una enorme bestia que parecía un elefante, pero sin trompa, emitía ruidos muy graves, a paso lento se encaminaba bajo la oscuridad que se negaba a morir de no ser por la brillantez de aquel cielo bellamente estrellado.

—¡Aurea!, ¿estás bien?, ¡Aurea contéstame!, susurró Arita, abrazándola y buscando reconfortarla; Por muchos intentos que hizo fue difícil recibir respuesta, su apariencia no era buena, su débil cuerpo había colapsado, su fina cabellera estaba hecha un desastre; mostraba lodo y sangre en su cuerpo, en tanto que otros Galaxi, yacían inertes. El cielo estrellado daba paso a una caravana de tres lagartos erguidos, uno al frente y dos atrás de la carreta llena de prisioneros; lentamente se desplazaban a lo largo de una planicie redondeando una zona rocosa al filo de una secuencia de cráteres; al parecer eran trasladados a una comunidad no muy lejana, considerada la fortaleza del supremo Freidor, máximo líder de la milicia Reptiliana.

Tiempo después, en una base guerrera de Reptilianos y marcianos desertores, podía advertirse la presencia del supremo, comandante de las fuerzas militares de la galaxia, Freidor, expansionista, guerrero de prestigioso poder, implacable y soberbio; su terrorífico cuerpo era enorme y su vestimenta exótica dejaba ver su enorme cola que a voluntad la movía según su estado de ánimo. Su penetrante mirada se enfocaba en un holograma enorme de un mapa estelar y veía con amargura la disminuida avanzada de sus fuerzas en nuestra Galaxia, con voz grave y roñosa expresó:

— Por eones, hemos estado en constante discrepancia con los débiles de las galaxias vecinas, hemos arrasado con miles de planetas, los hemos sometido y el planeta azul, no se ha podido consolidar por la intervención de las alianzas intergalácticas presidida por el consejo de ancianos, ¡vejetes de mierda!, pero son los rojos los viles, atacaremos sus centros urbanos y los haremos papilla, ja, ja, ja, ja.

—¡Señor¡, ¡señor!, ¡señooooor!, —con suma y definida fineza exclamaba un miembro del séquito del supremo Freidor.

—Han llegado las prisioneras Galaxi de la columna estelar, mi ¡señorrrrr!

—¡Que pasen¡, —exclamó Freidor, calmadamente.

«*Nuestros objetivos serán más fáciles de lograr si garantizamos infiltrar sus filas*». Pensaba, mientras el súbdito se encaminaba hacia la gran puerta de forma romboide, justo al frente de la sala de comando del supremo, quien al llegar a la gran puerta levantó su mano derecha y presionando con su largo dedo, la palma de su mano esta se abrió inmediatamente.

—¡Pasarrr mi señooorr los esperaaaa!, saben cómo saludarrrr a mi señor, no lo provoquen o pagaran carooo su osadiiiiiiaaaaa. —exclamaba con extraños movimientos de manos.

Dos soldados de la milicia Reptiliana escoltaban a la bella Arita y a su amiga Aurea, quienes mostraban limpias vestimentas y aunque se miraban fatigadas, siempre irradiaban su exquisita belleza. ¡Bienvenidas¡, perfectamente saben que ustedes no son nuestras enemigas de lucha, ya que solo son reparadoras de cuerpos frágiles y débiles, expresaba con tono burlón.

—¡No teman!, ¡acérquense!, previamente advertidas, hicieron una reverencia al gran guerrero y exclamaron:

—¡Excelencia!, Arita te saluda

—¡Excelencia!, Aurea te saluda.

—La guerra no es buena consejera, lamento el percance, solicito sea disculpada mi brigada aérea, los tiempos están complicandos, los Rojos cada día se están entrometiendo en nuestros asentamientos y por supuesto ustedes se han aliado a ellos.... y precisamente de eso quiero que hablemos, —expresaba Freidor con palabras muy conciliadoras que el mismo súbdito cercano, sigilosamente escuchaba y no lo podía creer.

—¡Excelencia!, debemos dejar claro que nuestro papel en esta y muchas misiones es la de salvaguardar a los heridos en batalla y muy bien la confederación galáctica lo sabe expreso Arita.

—Efectivamente, así es, replicó Aurea en un tono firme y seguro.

Freidor mostro un rostro de insatisfacción y su enorme cola pegó golpes al suelo en ambos lados.

—¡siiii!, pero la confederación galáctica y esa agrupación de vejetes no tienen jurisdicción en nuestra Galaxia, la tierra fue descubierta por nuestros misioneros y aun así los marcianos han explotado sus minerales clandestinamente, ¿y que han hecho?, pero lo que concierne a ustedes, tienen una oportunidad, se quedan a desarrollar sus artes medicas con mi séquito y se irán a las brigadas militares donde nos ayudarán, recuerden la suerte no llega seguido, llévenlas al sector uno. Y quiero respuesta, de lo contrario las trasladan al sector de prisioneros de guerra.

Luego del saludo rutinario las Galaxi, fueron trasladadas al sector uno, lugar donde se acomodaban a los prisioneros de diferentes planetas que se consideraban sumamente inofensivos.

— Arita este lugar es grande, si no me equivoco es un enorme cráter, evidencia de un gran impacto, —así es Aurea, si recuerdas anoche ingresamos por un largo y estrecho túnel, que se conecta con la superficie; debemos conocer todos los detalles de este lugar, pero Arita

—replicó Aurea, —El Supremo nos da la oportunidad de servirle, si aceptamos saldremos de acá.

—Umm no me agrada estar cerca de ellos, su vibración golpea nuestros cuerpos, lo sabes...

—sí, pero debemos aceptar, no tendremos opción de escapar si no tenemos acceso a conocer las principales decisiones replicó Arita. Nuestros servicios y esfuerzos nos permitirán escaparnos de este terrible lugar, ya lo veras. Mientras exploraban con su vista desde un amplio ventanal, se escuchaban extraños sonidos y pasos que hacían temblar el lugar. Arista y Aurea estaban en un edificio que le permitía ver la enorme planicie y majestuoso cielo estrellado. Ambas tienen claridad que deberán someterse a trabajar para el sequito de Freidor y poder evitarse caer en un sector de prisioneros, donde con certeza las probabilidades de sobrevivir serian mínimas.

Las sombras y el clima eran bastante beneficioso para las Galaxi, sin embargo, el ambiente era tóxico, sus cuerpos sentían como una especie de radiación que emanaba del sector vecino, era como una corriente caliente sumamente ofensiva que era intolerable…

—Aurea, debemos salir de este lugar, todo mi cuerpo se está descompensando, la vibración de ese sector es muy fuerte…

—cierto, siento lo mismo... No había duda que las vibraciones bajas en exceso las enfermaban, ambas empezaron a sentir una su cuerpo frio y tembloroso, los ojos de Arista empezaban a ponerse rojos, como brazas encendidas.

Aurea la abrazó fuertemente y sus ojos lentamente fueron normalizándose.

—¡debemos salir, o moriremos! —expresaba Arita Acongojadamente Un golpe fuerte hizo abrir la puerta y una conocida voz susurró.

— ¡Aveis tooomaaadoo una decisiónnnnn!, un escuadrón finalizaaaa entrenamiento y hay heridooos, podéis atendeeeerlleeess. —sí, Replicó Arita, estaremos con el supremo y su honorable séquito, —bueno, entonces, vengan … siiiigannmeee .

Haciendo gestos raros con movimientos de manos salían de la habitación, incorporándose dos enormes Reptilianos guerreros que les seguían los pasos.

El tiempo transcurría y no había duda que el supremo era despiadado y cruel, su carrera militar era intachable y las constantes batallas lo hacían marcharse de la base, tiempo que Arita y aurea utilizaban para investigar toda el área militar, poco a poco fueron ganando el aprecio de los guerreros heridos en batallas y su experticia medica ayudaba a curar enfermos. Para Arita y Aurea era un sufrimiento pues el contacto con ellos era difícil, pues sus emanaciones eran dañinas a sus cuerpos, así que generalmente se turnaban para evitar exposiciones innecesarias.

—¡Arita debemos buscar nuestra nave!, evaluar los daños y repararla. Ahora ya podemos salir libremente de las instalaciones, el grupo cinco de la brigada, se desplazarán al sector donde quedo nuestra nave.

—Si Aurea, sería ideal filtrarnos en esa caravana, pero como, hacerlo recuerda que necesitaríamos la venia de Akil, pero astuto y sagaz no creo que nos permita salir del área.

—Y si provocamos que nos lleven Ambas se miraron y echaron a reír, algo tenían en mente…

Un estruendo hizo que todas las estructuras vibraran, una nave exploradora descendía en medio de la planicie lunar, todos los miembros del sequito salieron como hormigas del gran estrado. Y entre afilados dientes murmuraban…

—¡El gran supremo ha llegado!, nuestro almirante, el heroico y majestuoso Freidor.

—¡A moooveeerse!, mi señor ha llegado, traed eeell aperitivo, gooolpearla sin que sangre, pero hazlo sufrir, prooonto laaagartiijas iiinuuutileeess.

Como de costumbre el gran Freidor era recibido con un bocadillo suculento.

La gran puerta del estrado se abrió, efectivamente el gran Freidor entraba, escoltado por un escuadrón de Reptilianos, y a su paso haciendo valla los súbditos ceremoniosamente se inclinaban, no menos de unos cien Reptilianos distribuidos en dos filas daban una calurosa bienvenida.

Como siempre expresivo y gesticuloso AKil, pedía el bocadillo para su amo.

Airoso y arrogante aquel enorme Reptiliano de pronunciada cola, percibía a la distancia el olor al terror, la angustia, y los gritos desaforados de su víctima que arrastrado por dos enormes guerreros se acercaban hacia él, lo llevaron justo a un enorme recipiente de brilloso metal, el supremo le tomó por los aires y lo descuartizó ante la vista de los súbditos, estos al ver salivaban sus enormes trompas.

—¡Como dejar esto tan rico!, exclamaba saboreándose, mientras la sangre se estrellaba en aquel pulcro recipiente. Un enorme eructo, hizo que todos levantaran sus manos y gritaran exaltadamente ¡FREIDOR!; ¡FREIDOR!; ¡FREIDOR!

Los ojos brillantes de felicidad y con articulados movimientos de mano Akil disfrutaba el momento, sus servicios eran los apropiados para su amo.

Muy cerca de la zona, la brigada cinco se desplazaba hacia la zona visible del planeta, era un escuadrón de guerreros Reptilianos que armados hasta los dientes, se dirigían hacia la zona donde tiempo atrás Arita se había estrellado; escondidas en un vehículo de Cargamento, cómodamente se desplazaban, con mucha nostalgia miraban el firmamento, a medida que avanzaban se escuchaban extraños ruidos.

—¡Arita mira el horizonte!, acaso no se parece al área donde nos estrellamos.

—¡Si Aurea!, esperemos que la nave no haya sido destruida, tenemos una gran posibilidad de diagnosticar daños y poder activar alguna nave exploradora y escapar. Pero si está destruida estamos condenadas a morir acá, nuestra nave tiene mucha tecnología abordo, pero a nuestros enemigos no les interesa, pues ya la tienen.

—Confiemos que todo salga bien, —respondía Aurea; mientras ambas estaban a la expectativa del momento preciso para escapar, como por arte de magia, la oscuridad tenuemente iba desapareciendo, muy lentamente la luz devoraba irremediablemente a la oscuridad, los entornos del territorio se percibían mejor, al horizonte se podía observar los restos de una gigantesca nave, bañada de negros estampados advertían haber sido impactada, sus restos destrozados eran la certeza.

Las caravanas Reptilianas frecuentaban las áreas donde se explotaba un abundante mineral que lo usaban como materia prima para combustible, a muy poca distancia de la nave accidentada, sin embargo, el despliegue táctico se debía a los constantes ataques de naves marcianas que buscaban el mismo material.

Todo parecía estar en calma, sin embargo, un destello en el cielo hizo reaccionar a los Reptilianos, el escuadrón estratégicamente se dispersó dejando el vehículo con cargamento para los guerreros de la mina abandonada.

Abruptamente los guerreros Reptilianos empezaron a disparar al cielo, explosiones y polvaredas se levantaron en el sector. En el caos Arita y Aurea corrieron a refugiarse en los restos de la nave accidentada.

Ráfagas y violentos destellos desde el cielo alertaban a los guerreros de la mina que salieron a reforzar el ataque, pronto nuevamente el silencio se percibía mientras la nave marciana se alejaba del lugar.

Los escombros eran evidencia de los serios daños que la nave tenía, sigilosamente se adentraron y luego de recorrer muchos espacios, encontraron una compuerta que daba a un compartimiento secreto con una nave exploradora de emergencia que obviamente se miraba con bastante daño, pero que podía ser la oportunidad que necesitaban.

—¡Ten cuidado Aurea!, parece que está agotada completamente, pero debe haber una batería de emergencia.

—¡Arita mira!, tiene un débil parpadeó.

—¡siiii!, la misericordia está con nosotros., respondía emocionadamente.

Luego de hacer cambios de batería y reparaciones básicas, la nave exploradora daba señales de vida.

—¡Aurea!, Dios del cosmos, ¡está viva!, ¡está viva!, saldremos de este lugar. —exclamaba llena de emoción y felicidad.

Ambas corrieron hacía la cabina de controles y para sorpresa, dos hermanos Galaxi estaban en estado de chock, su debilidad era tan grande que únicamente elevaron sus manos y se desmayaron. Luego de atenderles y recuperarles, los dejaron descansando en un área estrecha pero cómoda.

Aurea muy entusiasmada trataba de ubicar una ruta de escape que les permitiera salir del satélite, mientras Arita se incorporaba a iniciar protocolos de ignición y de emergencia para aquella nave especialmente diseñada para abortar de la gran nave nodriza.

—¡Estamos listas Aurea!

—¡si, adelante!, activa propulsores, si nos pillan será nuestro fin.

Fuera de la gran nave su aspecto monstruoso y deteriorado contrastaban con un cielo mágicamente estrellado; a la par de la entrada, la gran mina solitariamente mostraba la sombra de su gran entrada.

Pronto se observó cómo unas lucecitas ubicadas en la parte trasera de la nave nodriza empezaron a titilar, hasta que un fragmento de la parte trasera acompañado de un sordo ruido se desprendió y lentamente la minúscula nave se alejaba a gran velocidad, con destino a la Tierra, el lugar más cercano y conocido.

—¡Nave estabilizada!, nuevo curso en proceso,

—exclamaba, Arita, —verifica cálculo de potencia y distancia de misiones nuestras y posibilidades de reabastecimiento de alimentos.

—¡Enterada!, iniciando diagnósticos y cálculos pertinentes.

La nave estaba en curso normal, los indicadores de la nave funcionaban perfectamente, estaba equipada con lo básico para sobrevivir, todo dependía de los cálculos que desarrollaría Aurea, quien gozaba de la confianza absoluta de su compañera de siempre, quien daba batalla hasta encontrar las mejores alternativas.

La nave requería no ser interceptada hasta encontrar una ruta conocida para poder abastecerse y acoplarse a una nave nodriza y poder retornar a Galaxi.

De reojo Arita la veía con mucha preocupación, pues Aurea ya tardaba en encontrar una salida; pero le alcanzó a ver una sonrisa de satisfacción y esto le hizo recobrar su optimismo.

Mientras la nave se desplazaba a máxima velocidad, una Alarma hizo reaccionar al equipo, luego de un corto tiempo en el espacio, una nave Reptiliana amenazaba con atacarlos muy cerca de la Tierra, entonces tomaron la decisión de abortar el aterrizaje, pues un enjambre de naves Reptilianas venían sobre ellos.

—No tenemos ninguna capacidad de contener ataque alguno, debemos regresar, estamos perdidos exclamó Arita.

La nave daba un abrupto giro retornando a gran velocidad, el equipo estaba abrumado y desconcertado. La nave enemiga se quedaba a la saga, pero siempre muy de cerca, hasta que un poderoso rayo iluminó el espacio, impactando la nave exploradora que nuevamente era atrapada por la gravedad de la luna, lentamente se observaba como aquel objeto se adentraba a sus entrañas.

Capítulo 4

Muchos siglos terrestres después...

Desde un mundo muy remoto, desde una muy lejana galaxia, donde la luz nunca desaparece...

— ¡Son ellos! Sí, ¡son ellos! ¡Por fin llegaron!

— ¡Por fin llegaron!... ¡Sí son ellos!

Muchas manos señalaban al divisarlos en el cielo. Pronto se oscurecía ante la presencia de una docena de gigantes naves intergalácticas que se desprendían una de otra para descender en aquel inmenso puerto estelar.

Atónitos, sus ojos sesgados de belleza extraordinaria, contemplaban tras las ventanas el retorno de los misioneros científicos, ciudadanos de la convivencia universal.

Cada nave buscaba su propio punto de coincidencia, se podía apreciar la manera sincronizada en que lo hacían; una a una emitía un silbido agudo que transmitía una sensación peculiar.

A diferencia de otros descensos, podían observarse movimientos caóticos; de cada nave, sus tripulantes corrían apresuradamente hacia las bienvenidas; antesalas de climataje interespacial que estaban graduadas al ambiente natural de los Galaxi.

Una detonación en una de las naves parecía haberse dado, pues estelas de humo blanco salían de su interior. Un grupo de cinco seres corrieron hacia la rampla de la nave, y al internarse se escuchó otra gran explosión, el suelo se estremeció. Efectivamente, una gran tragedia en el puerto estelar, gran conmoción al sufrir la pérdida de cientos de hermanos.

En el estrado mayor, el consejo superior de ancianos estaba reunido, ellos eran la máxima autoridad en Galaxi, quienes analizaban la recién tragedia, con el fin de buscar respuestas y definir las conclusiones para proponer o no la continuidad de las misiones a la Tierra.

—¡Hermanos!, solo nuestro deseo de continuar consolidando la convivencia con los terceros del sistema solar no es suficiente para continuar arriesgando a nuestros hombres — expresó uno de ellos.

— ¡Cierto! —Exclamó el más anciano. — Ahora nuestras misiones son más difíciles y peligrosas para nuestros hombres, ¿será necesario seguir sacrificando a nuestra gente?

— ¡Calma! —Expresó otro.

—Dejad que la paz no sea corrompida; permitid que vuestros corazones asimilen la energía de la verdad.

Aquella intermediaria voz de fuerte acento y de profunda sabiduría inclinó su cabeza. Lo hicieron también todos. Del centro de aquel luminoso circulo surgió una neblina con un exquisito aroma. Todos se tomaron de la mano y sus cuerpos irradiaron una luz brillante de color celeste pálido.

—¡Ahora hermanos de la unidad y el equilibrio! —continuó diciendo. Es el momento de definir la continuidad de nuestra convivencia con los terrícolas; despojados de los sentimientos indeseables y abrigados con el amor universal, pidamos la respuesta que necesitamos...

Todos levantando su rostro y alzando sus manos, gritaron:

— ¡CONVIVENCIA!, ¡CONVIVENCIA!, ¡CONVIVENCIA!

Ello era suficiente para asegurar que la decisión de continuar con las misiones en la Tierra había sido positiva....

Fuera del estrado mayor se comentaba el accidente, ya que era casi imposible que esto sucediera en el puerto estelar. Mientras tanto, una nueva misión de Galaxi se preparaba para retornar a la Tierra. El objetivo fundamental era rescatar a los integrantes de una misión fallida, hermanos de la unidad y el equilibrio que se habían accidentado tras ser derribados por una flotilla de naves enemigas y que probablemente podrían estar vivos. Según informantes estaban atrapados en una base secreta de la tierra, y advertían que el progreso y desarrollo de la vida en la tierra estaba altamente contaminada por las garras de una raza perversa, que durante siglos estaba violando los acuerdos y protocolos de la confederación galáctica. Lentamente, estos seres malignos se habían adueñado de la Tierra

Capítulo 5

Año 1979 en la Tierra

En un lugar de la Tierra, bajo los fuertes azotes del viento y la arena, un grupo de inteligencia logra desalojar el último de los seres extraterrestres que, según el Doctor Hilman, representaba el hallazgo más extraordinario de los últimos años.

Efectivamente, los radares de una de las áreas más secretas de la tierra considerada un mito y, quizás, una leyenda urbana, había detectado un objeto en caída libre. Se había descartado la posibilidad de que fuese un meteorito; esto había provocado activar un protocolo de actuación casi de inmediato. Potentes helicópteros surgieron de las entrañas de la tierra tras el despliegue de una enorme plataforma.

Herson, un asistente talentoso de una de las unidades de elite más reconocidas por su alta experiencia en fenómenos extraterrestres, comandaba la misión. Sus gruesos lentes reflejaban destellos de luz que el sol irradiaba y su llamativa cabellera se expandía al ritmo del viento en aquella portentosa y confiable nave. Su rostro buscaba ansiosamente el lugar del impacto. A la distancia, aún se podía advertir una débil columna de humo.

— ¡Capitán! ¡Ahí, mire! —Exclamó Herson

— Parece que es el punto de impacto. — respondió el capitán.

— ¡Atención base! ¡Atención base! ¡Halcón uno! Punto de impacto localizado. Iniciamos descenso. Despliegue de tropas en entorno estratégico. Pido confirmación.

—¡Confirmado! —se dejó escuchar desde la base de control. Lentamente, aquellos helicópteros de color negro descendían. En breves momentos las tres naves rodearon a cierta distancia el extraño objeto de gran tamaño con forma de disco que yacía incrustado en la tierra. En la medida que Herson se acercaba, podía divisar un cuerpo tendido entre los escombros.

Un equipo de hombres con trajes especiales se hizo cargo de recoger el cuerpo. Y mientras un comando de elite se adentraba a la nave en busca de más cuerpos, el resto del equipo había acordonado todo el perímetro.

Horas más tarde, en el interior de la base secreta, El Doctor Hilman y su asistente no daban crédito a lo que sus ojos tenían a la vista.

—¡Es extraordinaria su belleza!, no podemos más que sorprendernos, —exclamó Herson.—En efecto, ¡Doctor!, ¡observe!. Sus ojos irradian paz y mucha tranquilidad; aun estando inconsciente, sus ojos irradian mucho amor

— replico el Doctor Hilman.

—¡Son diferentes a los que hemos observado antes! Si no es porque he visto la nave de donde los han sacado, jamás creería que son de otro planeta, ¡Es increíble!

Ambos profesionales no podían dar crédito a lo que veían; sin embargo, su asombro fue mayor cuando uno de los tres seres que estaban en la mesa grande empezó a moverse y a quejarse del dolor...

— ¡Doctor! Se mueve, ¡sí!; se está moviendo, es mujer, está viva. Qué alegría, aún vive. ¡Santo Dios! ¡Qué mujer más linda! — Dijo el Doctor Hilman.

Sus ojos ligeramente sesgados irradiaban la más grande humildad de quien no abriga ningún sentimiento negativo en su corazón. Tanto el Doctor Hilman como su asistente estaban atónitos; sus fijas miradas captaban el más mínimo detalle de los movimientos de aquella intergaláctica mujer.

Pero la mayor sorpresa fue cuando la hermosa mujer volteó su rostro para ver a sus dos compañeros que estaban inertes. De sus ojos rodaron sendas lágrimas, pero no frunció el ceño, ni mucho menos gesticuló parte alguna de su rostro.

— ¡Doctor, será que nos quiere hablar!

—Nos está hablando, Herson, pero no esperes escuchar voz alguna; trata de concentrarte y escucharás su voz. Herson no podía escuchar; en tanto que Hilman parecía entablar una conversación con aquella mujer.

Fue sorprendente para Herson; luego de verlo sonreír sin saber por qué, le dio una tajante orden:

— ¡Sal de aquí, Herson! Permíteme un segundo. La señorita Arista desea hablarme a solas. No temas, esta gente es súper especial; no comentes nada.

Herson salió de aquella cabina especial, con muchas dudas, pero estaba tan aturdido que su mirada fija y perdida reflejaba una incontenible emoción.

Pero justo cuando se iba, una voz femenina lo hizo reaccionar...

— ¡Doctor!, ¡Doctor! ¡Permítame, Escúcheme! por favor — insistía una joven

—¡Sí, dígame! ¿Qué le pasa? —exclamó, un poco aturdido.

—Sabemos que en la cabina hay tres seres que fueron rescatados de una nave espacial. ¿Cuál es su estado? ¿Están muertos, viven, o acaso son prisioneros de otros mundos? Aquella periodista había hecho reaccionar a Herson, agobiado por tanta pregunta a la vez, contestó:

—Señorita, disculpe. que sepamos algo sobre extraterrestres es ridículo; en esa cabina lo único que hay son tres personas tan iguales como usted.

— ¿Puedo pasar a verlos, doctor? Al menos quiero salir de la duda. Tengo fuentes de primera mano que me aseguraron la veracidad de la información.

—Señorita, es imposible pasar, pero si gusta esperar, ¡hágalo!

—Esperaré el tiempo que sea necesario.

Mientras Herson evadía a la reportera, el Doctor Hilman le quitó la vestimenta a los extraterrestres, la cual era pegada al cuerpo y de textura fina. Su objetivo era claro: sin aquella vestimenta era más fácil hacerlos pasar inadvertidos.

No había duda de que la única sobreviviente era mujer. Luego de haberlos vestido con trajes de soldado, salieron del lugar sin generar mayores especulaciones. Pero la interrogante era ineludible: cómo hacerlo si numerosos soldados del comando especial habían participado en el operativo de rescate. Ésta y otras dudas revolotearon en la cabeza del Doctor Hilman que ansioso no encontraba las respuestas salvadoras.

Un chirrido hizo poner en alerta a la joven. La puerta de la sala médica se abrió y Hilman salió acompañado de una linda mujer.

— ¡Doctor, permítame! Necesito que me diga si los seres fueron rescatados con vida. ¿Son iguales a nosotros o diferentes?

—¡Señorita! Todo fue un error. Se trataba de un operativo, la nave tuvo una falla y se accidentó.

—¿Puede hablarme de los seres que rescataron?,

—¡Acaso no entiende! No sé de qué diablos habla, pero venga si quiere verlo usted misma.

Sumamente disgustado retornó a la sala con ella, y exclamó:

—¡Adelante! Salga de la duda. Se trata de dos tenientes que por cuestiones de la vida hoy son parte de la historia de este lugar.

La reportera, con mucha ansiedad, corrió hacia una mesa grande donde encontró dos hombres con uniforme de militar cuyos cuerpos yacían inertes. Profundamente desconcertada, la reportera fue capturada y llevada a un área de interrogatorios.

Un oficial de alto rango con el rostro notablemente fruncido se mostró muy molesto. No entendía como se había podido burlar la seguridad de aquel mítico lugar; había mucha tensión, no tanto por el operativo ejecutado, sino más bien por la garantía de la seguridad de aquel lugar que guardaba un secreto que por décadas fue considerado punto de honor.

La puerta de aquella sala se abrió tempestivamente, pero la reportera, aunque angustiada, se mostró firme en sus ojos la firmeza de su acción ejercida.

— ¿Su nombre, señorita?

— ¿acaso importa? —interpeló la reportera.

— ¿Su nombre? — Nuevamente cuestionó el oficial.

La reportera no contestó, simplemente le entregó un carnet de identificaba que portaba en una de sus bolsas. El oficial revisó detenidamente aquel documento, la vio a los ojos y evidenció una sonrisa maliciosa.

—Ahora entiendo —concluyó el Oficial, saliendo de la sala.

La reportera con su rostro inclinado no dijo una palabra; sin embargo, sus pensamientos caóticos trataban de enfocarse en los momentos que tomó la decisión de aferrase a la idea de penetrar un lugar tan controversial como ella misma.

Nuevamente la puerta se abrió y el oficial se hizo acompañar por un equipo de personas, entre ellas, el asistente del Dr. Hilman y dos mujeres del equipo, que tomaron de los brazos a la reportera al tiempo que el Doctor Herson le administraba un sedante para trasladarla a otra área.

Al día siguiente, la llevaron en un vehículo negro hasta la ciudad más cercana donde la dejaron a las puertas de su casa.

Tiempo después, la reportera despertó de un profundo sueño, sin saber ni siquiera su nombre. Tal parecía que le habían borrado todo de su memoria, absolutamente todo cuanto había sucedido. Un poco desorientada, tocó la puerta y una bella joven la tomó en sus brazos y le dijo:

—Vane, ¡santo Dios! ¿Dónde has estado?

—¿Todo bien? —replicó. ¿Qué hago acá? Apenas recuerdo que pensaba viajar al sur de Texas.

Pues mira, que te has perdido más de una semana.

— ¡Estás loca! Ayer estuve en mi programa de radio. Me siento relajada y muy bien.

—Ay, amiga, no te entiendo. Mejor, ¡cuéntame! ¿Y tú apuesto oficial?, ¿te ha visitado?...

Así continuaron platicando hasta el cansancio, retomando su vida normal, sin mayores incidencias.

Un día después, en un gran salón subterráneo, la nave de regular tamaño en la que había encontrado a los visitantes de Galaxi era detalladamente revisada por un equipo de científicos.

En un área diferente, el Doctor Hilman, acompañado de Arista, recorrían las diferentes áreas en aquella compleja instalación. Las cámaras de video registraban sus pasos sin detectar mayores sospechas, pues el doctor era una persona muy querida por su nobleza y sencillez, al menos en el nivel donde se desempeñaba como director del proyecto.

—¡Hasta pronto, Doctor Hilman! —Exclamaba el guardia de seguridad, quien tomaba apuntes en su libreta

— ¡Hasta pronto Max!

Con aparente normalidad, ambos se dirigieron al parqueo del estacionamiento. Sudoroso, el Doctor Hilman sacó las llaves para abrir una puerta, cuando ésta, sorpresivamente, se abrió. Atónito, sus ojos enfocaron a la bella joven y ella le correspondió con una leve sonrisa.

El vehículo salió del cuartel bajo un cielo estrellado como testigo. Una resplandeciente luna acariciaba la enorme planicie; no hubo conversación. Ambos parecían compenetrados en una serie de conjeturas, pero con certeza de todo. Todo cuanto Carlos pensaba, aun cuando sus pensamientos se batían como salsa en licuadora, fue develado por aquella mujer que era capaz de entender el lenguaje sin palabras, sin señas ni movimientos. Ella simplemente se conectó a los pensamientos de aquel reconocido científico.

Una semana después, en la oficina central de la máxima autoridad de la base secreta, el General leía con mucho detalle el informe que había generado el Doctor Herson, acerca del incidente de la nave colisionada. Pasaba y repasaba las páginas, y luego preocupado cerró el informe. Lo colocó a un costado de su escritorio; se podía leer en su portada en letras grandes: «Alto secreto».

En ese instante, tocaron a la puerta de la oficina del General.

—¡Adelante! —respondió el General.

—¡Mi General!, buen día. ¿En qué puedo ayudar?

—Necesito mayor claridad, Doctor Herson. Este informe contiene fotografías de hombres con uniforme de oficiales... ¿por qué? —Tengo entendido que había una tercera persona, pero no aparece en las fotografías. Los hombres de la misión me dieron la información.

— ¿Que ha pasado?, entonces, Doctor Herson.

— Señor, con mucha astucia una reportera logró entrar al cuartel; el Doctor Hilman los cambió de ropa para despistarla, de lo contrario en este momento seríamos una gran noticia.

Bien, Doctor; pero, dígame, ¿Qué hicieron los cuerpos? —Mi General, puede observarlos en la sala de invernación. Están en un proceso de letargo programado, para efectos de estudio.

El General no estaba muy satisfecho de las respuestas; necesitaba más tiempo para tomar decisiones. No lograba entender cómo era posible que una periodista haya tenido la capacidad de penetrar a tan inquebrantable fortaleza. Era inconcebible. No tenía claridad de lo acontecido; eso lo turbaba sobremanera, pues también él tenía que rendir informes confiables a sus superiores. Había cosas que no cuadraban, su corazón le decía que su hermano estaba involucrado; lo mejor era dejar pasar el incidente. Pero eso lo perturbaba y no lo dejaba en paz.

Por muchos años, incluso, cuando hubo desavenencias y conflictos, su alto grado y disciplina eran garantía de seguridad y confiabilidad. Temía que la llegada de su hermano como piloto, no era lo más atinado dentro de sus múltiples decisiones. Al final, siempre concluía en lo mismo: «La juventud necesita oportunidad». Mis padres

me lo encomendaron: «hijo, es tu hermano, debes cuidarlo y amarlo; deben ser unidos, busca siempre que se supere»
 Esos recuerdos agobiaban los pensamientos de un duro General que luchaba con sus sentimientos por tratar de comprender a su hermano.

Capítulo 6

Año 2000 en la Tierra

Como tiempo inadvertido sucumbe la nostalgia en la vida de la bella Arista. Sus pensamientos vagaban en un torbellino de recuerdos; unos eran intensos, otros, tenues. Alegría, emoción, tristeza, melancolía, qué más daba si al paso de ellos, como jueces inertes, esos insensibles sentimientos no podían sacudirla. Ni lágrima al filo del lamento, ni sonrisa al borde del entusiasmo. Así continuaba hasta que el sopor de aquellas calurosas noches labraba en su subconsciente el eterno sueño en un cuerpo viejo y depredado. El tiempo había dado paso a su destrucción física. Sentía que su cuerpo estaba muriendo. Las horas y minutos calaban en cada una de sus venas.

Así transcurrían los días. La colisión con la nave terrestre había sido uno de los grandes errores de su vida. Cada instante era testigo de largos y tendidos recorridos de su vida. Sin embargo, en este constante y perturbado viajar, algunos pasajes de su vida, con frecuencia, se repetían y cada vez volvían con demasiados detalles.

"Las distintas especies que hemos encontrado en una variedad de mundos, tienen una secuencia genética similar, de ahí que la distancia no determina cambios en su esencia más bien ratifica la familiaridad de un mismo origen".

Arista se veía en una de sus múltiples disertaciones en los amplios salones del gran museo de ciencias, donde su protagonismo como investigadora científica era admirable.

Una voz familiar le hizo reaccionar.

—¡Arista!, ¿cómo estás? Traje lo que más te gusta.

— ¡Veegeeetaales! — Exclamó con voz lenta.

—¡Exacto!, mi bella dama, ha llegado la hora de comer delicioso especialmente para ti.

—¡Gracias!

Carlos cuidaba hasta el cansancio a la viajera del espacio. Sus últimos años, los había invertido en buscar un tratamiento que le permitiera detener la vejez. Pero nada. Absolutamente nada funcionaba. Eso era una muerte anunciada. Su cuerpo rápidamente se deterioraba. No había nada que se pudiese hacer, aun cuando de parte del Doctor Hilman y de muchos científicos prominentes de la tierra se hacían los esfuerzos y las inversiones que fuesen necesarias.

No había duda de que tanto la apariencia como el interior se había humanizado. Pensaba y actuaba como una terrestre; su identidad Galaxi no diferenciaba en nada con una terrestre.

Un día después de una larga jornada en la base secreta, el doctor le tenía una excelente información.

— ¡Arista! Tengo buenas noticias para ti.

— ¡Amor, cuánta alegría!

Ella le salió al paso y se encontraron con un tierno y apasionado abrazo.

—No hay duda, tus hermanos de la unidad y el equilibrio han instalado hace algunos días una base en el antártico. Hemos logrado establecer contacto.

Arista no sonrió; por el contrario, mostró un semblante de in-certidumbre, duda y mucha preocupación.

— ¿Qué pasa? Es que no sientes felicidad, saber que puedes volver a ver a tus hermanos

—¡Sí!, ¡claro! Pero... también puede ser el perderte y eso me dolería

— Y bien, ¡dime! — dijo el Dr. Hilman, cambiando el gesto.

Ella fijó sus ojos en la frente del Doctor y éste reaccionó casi de inmediato.

—Ok, te llevaré. — respondió Carlos.

Aun cuando Carlos estaba sumamente cansado, tomó la decisión de regresar a la base secreta, desde donde se comunicarían con los hermanos de la unidad y el equilibrio. Era una posible oportunidad, el tiempo se agotaba, pues su salud cada día se complicaba.

El vehículo se desplazaba a toda velocidad, en el trayecto, Arista hizo un recorrido de todo lo que había vivido en la Tierra; aunque su cuerpo ya no era el mismo, su habilidad intelectual era sorprendente. Cada minuto de su estancia,cada minuto de convivencia era procesado; al final de su viaje retrospectivo, sus resultados eran los mismos. La tierra era un planeta controversial que lucha por encontrarse a sí mismo, un planeta que puede extinguirse, en tanto el afán por la tecnología sea superior a la erradicación de la desigualdad, la hambruna y la violencia. Pero, realmente, muy en el fondo, su corazón gritaba angustia, pues su misión había sido un fracaso. El cuerpo de su madre aun no lo encontraba y nada se podía hacer.

El tiempo había pasado inadvertidamente. A poca distancia, visualizaron las estructuras de la base secreta.

Justo a la vista estaba el mismo vigilante, siempre serio pero muy agradable.

—¡Hola Max!, —saludó Carlos Hilman, entregando como siempre su identificación.

—¡Adelante Doctor!

A toda velocidad, el vehículo se internó en la base secreta. La luna resplandecía, y como antes, era testigo de un nuevo y ya rutinario contacto con seres de otras galaxias. Arista caminaba lento y se respaldaba en el cuerpo del Doctor. Ingresaron por los mismos pasillos que un día de manera angustiosa tuvo que recorrer.

Pronto estaban estuvieron en aquella sala de comando donde el doctor auxiliar lo esperaba.

—¡Doctor Herson!, ¿cómo están las cosas? ¿Hay posibilidades de contacto directo con los Galaxi?

—Es posible, Doctor Hilman. ¡Venga!, Observe la pantalla. La continuidad de la señal es clara y muy precisa. Se origina en el Antártico.

Arista estaba confundida. Tristeza, alegría, iban y venían. Presentía algo inminente. Con una enigmática sonrisa, se llevó sus manos a las sienes, y exclamó:

— ¡Permítanme!

— ¿Qué haces ?, cuestionó el Doctor Hilman.

— Déjala —interrumpió Herson

Ella fijó su mirada en la pantalla y las luces parpadearon.

— ¡Mira! El movimiento de la nave ha cambiado.

— ¡Claro Dr. Hilman!, se ha conectado a la pantalla del monitor y ha enviado una señal a las naves. Han cambiado de rumbo. ¡Se dirigen hacia este lugar! ¡Observe!

— ¡Santo cielo! Tendremos un contacto con los Galaxi.

Al instante, los tres se abrazaron. Los doctores miraron conmovidos el rostro de Arista, con sus ojos llenos de lágrimas; ambos la abrazaron y se fusionaron en un sincero sentimiento.

Herson se adelantó dando indicaciones para preparar un posible contacto, mientras que Carlos y Arista se encaminaron hacia la pista de aterrizaje, lugar donde se aseguraba el encuentro.

Ya en la pista a cielo abierto, ambos estaban angustiados; alzando su mano al cielo estrellado; Hilman indicó con su dedo índice un lugar en el espacio.

Ya se podía apreciar una lucecita que lentamente crecía, hasta que pudo visualizarse una gigantesca nave envuelta de colores que chispeaban en la oscuridad. Muy, muy lentamente se detuvo a una altura quizá de 100 metros y continuó silenciosamente descendiendo hasta quedar asentada a cierta altura.

Nadie lo podía creer. El Doctor Hilman presintió que esa sería la última vez que estaría con ella. Un silbido agudo y un extraño sonido evidenciaban aquella presencia intergaláctica.

Había mucha expectativa por lo que estábamos a punto de ver. La pista de aterrizaje era enorme, se podía apreciar, majestuosamente, la inmensidad de los cielos. Aquella diáfana noche dejaba ver la belleza de nuestros cielos.

Mientras los equipos técnicos se preparaban para la recepción, el personal de la base se mostraba tenso.

Arista, sin embargo, estaba serena. Un agudo silbido puso en alerta a medio mundo; una gran compuerta estaba alzándose de su contorno expulsaba una centellante luz y una neblina surgía de su interior; una escalinata se desplegó quedando una leve inclinación hacia el interior de la nave, de ella descendió un par de siluetas de apariencia similar a la humana.

Eran dos hermanos de la unidad y el equilibrio, de belleza singular. Fijaron su mirada en el Doctor Hilman. Aquellos seres reflejaban una enigmática pureza espiritual.

Arista se dirigió hacia ellos, sin soltarse de la mano del Doctor. Caminaron con mucha incertidumbre y subieron la ancha escalinata; cuando apenas habían ingresado, sintieron que sus huesos se congelaban; sus manos se estrecharon, sus miradas se encontraban con desesperación. Todos sonrieron y se abrazaron.

Inmediatamente, ella fue trasladada a un recinto especial de emergencias para iniciar su proceso de recuperación. Sin duda, la diferencia de condiciones atmosféricas había pasado factura.

El Doctor Hilman bajó la escalinata luego de despedirse. Atrás, Herson mostraba un rostro de absoluta palidez. Ambos no podían creer la experiencia que vivían.

La gran compuerta se cerró automáticamente y la nave inició su ascenso lentamente, acompañado de un sonido peculiar. Un fugaz chispazo formó un halo de luz y desapareció hasta mezclarse con las estrellas del firmamento.

Parado con la mirada fija hacia el cielo, el Dr. Hilman, perdido en la inmensidad de las estrellas, recordaba con mucho sentimiento a una mujer del espacio que le había enseñado lo que era el amor. Nunca sus cuerpos se unieron sexualmente, pero sus sentimientos siempre disfrutaron las mieles de la conjunción espiritual.

El tiempo transcurría y la base secreta abrigó nuevos y variados encuentros. Seres de muchas galaxias con características físicas muy diferentes a la nuestra contribuían para alcanzar un mayor conocimiento acerca del universo.

Pasaron muchos años y nunca se pudo tener un nuevo contacto con los hermanos de la Unidad y el Equilibrio.

Capítulo 7

El atardecer era inminente. Los coloridos celajes en el cielo matizaban rayos entre rojizos, anaranjados y amarillos. Al centro de la atractiva mezcla, el radiante sol abrillantaba tan curioso paisaje. Se advertían atractivas mezclas en la medida que sus ojos, barrían de norte a sur en la búsqueda de algo inusual en el firmamento.

—¡Doctor Hilman, está listo su café! —dijo Azucena, con su característica sonrisa, embriagadora y firme.

— ¡Gracias! ¡Déjalo en la mesa! Con una cucharadita de azúcar, como siempre, —contestó luego de ser despertado de aquella concentración en el cielo.

Todo lucía tranquilo. Como de costumbre, Azucena, quien por algún tiempo trabajó para la bella Arista, casi estaba segura de que el Doctor tenía una actitud de desesperación y desconsuelo. Era inevitable pensar que los recuerdos de aquella bella mujer golpeaban el frágil corazón de tan eminente profesional.

Habían pasado muchos años terrestres desde aquel momento de tan triste despedida. A la hora del crepúsculo, el Doctor se sentaba a despedir el día y disfrutaba, desde el patio de su casa de campo, la magia de colores que el firmamento le regalaba. Azucena estaba frente al Doctor Hilman. Podía apreciar con satisfacción la normal postura de su cuerpo, disfrutando de aquella taza de aromático café, mientras que sus pensamientos evocaban vívidamente los recuerdos de muchos años. Casi podía escuchar con suma claridad los movimientos de la bella Arista cuando afanosa trabajaba en su laboratorio.

— *¡Hola! ¿Cómo te sientes? ¿Sigues mejor?* —dijo Carlos.

—*Me siento bien,* —asintió Arista con una sonrisa angelical

—*¿Has tenido progreso?*

—*¡Sí!, Pero aún tengo que ajustar el sistema. Tengo algunas incompatibilidades, limitaciones de programación con en este sistema binario con el que ustedes trabajan. Pronto podré articular los fonemas y me sentiré mejor contigo.*

—*Ya me estoy acostumbrando a oírte hablar así.* — *agregó Carlos con tono sonriente. Pareciera que te vas a asfixiar queriendo hablar. Ambos rieron coincidiendo en lo dicho.*

Azucena, de reojo, observaba los gestos del doctor. Tenía la percepción de que él estaba viviendo los más bellos recuerdos con Arista, a quien, en más de alguna oportunidad le llamó «mi virgencita».

Aquella casa de campo ubicada a las orillas de una prolongada cordillera, gestaba día a día los placeres de un exótico paisaje que por algún tiempo la viajera del espacio había disfrutado. Le encantaba corretear las mariposas y coleccionar especies de grillos, tal como decía, «es el paraíso terrenal». Al fondo, se podía percibir el canto de aves y el sobresalto de venados que muy curiosos merodeaban los alrededores de aquella extensa ropiedad.

El doctor Hilman continuaba sentado en su lugar predilecto y seguía navegando en el mundo de los recuerdos.

— *¡Carlos! ¡Carlos! Tengo la certeza de que lo voy a lograr. Por fin, tendré un dispositivo para poder traducir y vocalizar nuestro idioma de una manera natural y perfecta… Hecho está* — *decía, mientras sus dedos tecleaban en una*

computadora personal.

— *¡Carlos!, ¡Carlos!, escucha mi voz. ¡Ja, ja, ja! Por fin, he vuelto a nacer. Es provisional, mientras algún día tengamos los aparatos originales.*

— *¡Excelente! ¡Arista! Ten cuidado, no sea que lo vuelvas a perder, aunque este será más difícil, pues mira su tamaño…ambos rieron a carcajadas.*

Así recordaba con detalle cómo había logrado fabricar un rústico aparato para poder comunicarse con fluidez.

La voz de Azucena con las manos alzadas hizo reaccionar al Doctor Hilman y traerlo al presente:

— ¡Doctor! ¡Doctor! Es el coronel Tilson, está al teléfono; dice que le urge hablar con usted. «Dile que es código 8», me dijo. Y como fugaz relámpago Hilman reaccionó, pues conocía el significado de la clave que había escuchado.

—¡No puede ser! ¡Por qué debe pasar esto! — expresó; quien frenéticamente corrió a la sala principal.

Mientras el doctor era trasladado a toda velocidad, un helicóptero de caza color negro se preparaba para trasladarlo a la base ubicada en un lugar secreto. El vehículo se desplazaba rápidamente. El doctor muy pensativo, recordaba con lucidez a la bella Arista…

— *¡Carlos, mira, mi piel está envejeciendo. Mi rostro se está transformando cada día. ¡Me siento cansada, agobiada con el paso del tiempo!*

—*No te preocupes, ya estoy trabajando, parece ser que hay un proceso degenerativo. Pronto tendremos resultados de los análisis y encontraremos la solución.*

Pero también se venían escenas de agradables momentos que afloraban, al ritmo del movimiento del vehículo y de los cegantes reflejos de los vehículos que transitan en aquella gran urbe, hasta que la gran ciudad poco a poco se quedaba atrás. Hilman recordaba decir a la bella Arista:

—*Carlos, el ser humano terrestre, nació y creció en violencia; como producto de ello, jamás trascenderá si no abandona la tridimensionalidad. Debe profundizar en sí mismo y buscar el cambio de su esencia.*

Aún su pensamiento deambulaba, cuando…

— Hemos llegado! — expresó el hábil y fiel motorista de la familia—. Ahí tiene, ¡mire qué belleza! Parece un gigante avispón negro.

Una voz grave de un militar advirtió a Hilman; era el coronel Tilson.

—¡Bienvenido doctor! La confrontación es inevitable. Tenemos dos equipos de resguardo, hay un grupo élite enemigo que quiere a toda costa capturar las naves Galaxi. Pero esta s han logrado evadir los ataques y parece que la tecnología terrestre está mucho más avanzada que antes, y no han podido aterrizar.

— ¡Gracias!, Coronel no hay duda, los problemas también son mayores; estrechándose las manos, abordaron aquel impresionante aparato.

Pronto pudo observar el techo de su vehículo y el mar de luces titilantes desde el espacio.

En la base secreta había mucho movimiento. Soldados corrían en diferentes direcciones; las bocinas de alarma sonaban y flotillas de aviones caza sobrevolaban el área...

— ¡Vaya! ¡Vaya! Me recuerda a mis tiempos expresó Hilman; esto era de mucha tensión. ¿No siente lo mismo, Coronel?.

—No hay duda Doctor, La diferencia es que hoy es entre nosotros mismos y antes la emoción era por el contacto alienígena.

—Efectivamente, coronel Tilson. Hoy la lucha es la tecnología, para ver quién tiene lo más avanzado.

El Coronel, respetando mucho el trabajo del Doctor, no hizo comentario alguno, sin embargo, su silencio le daba la razón.

Tras recorrer unos largos pasillos subterráneos, el coronel Tilson manipuló una llave peculiar que le permitió acceder a una sala de comando central donde la maquinaria estratégica operaba protocolos de defensa e intervención de operativos de gran envergadura.

En aquella sala de comando los esperaba el General.

— ¡General, gusto de verle! — Exclamó el doctor Hilman, tras un fuerte apretón de mano y un cordial abrazo.

—Igualmente, lamento importunarlo, pero hemos encontrado un collar que emite una titilante luz. Nuestros radares detectan naves Galaxi, amenazadas por naves terrestres que no son nuestras. Creemos que hay alguna relación en ambas cosas.

—Bueno, General; ¡permítame! Quiero ver el collar.

—¡Coronel Tilson!, muéstrele el collar.

El Doctor Hilman, inmediatamente, identificó aquel collar. Era de Arista. Su función era traducir el pensamiento en cualquier idioma o lenguaje terrestre, aparato que la obligó a construir uno muy rudimentario al haberlo extraviado.

— ¡General!, esto no tiene nada que ver con los radares. Es un dispositivo que traduce el lenguaje de los Galaxi a nuestro idioma y viceversa —dijo el doctor Hilman.

— ¡Genial! respondió el General. Entonces, venga. Estamos haciendo contacto. ¡Mire! Ahí los tiene en el radar, al fin los hemos detectado. Son dos naves enormes. Mire, General. Hay cinco puntos detrás agregó el Doctor, señalando la gran pantalla del radar.

— ¡Señor! ¡Alfa 5 del comando interestelar solicita permiso para atacar naves enemigas! — expresó uno de los operadores líderes.

La batalla en los cielos era inevitable. Nadie tenía claridad de qué pasaría. Las naves de los Galaxi corrían peligro, pues quedaban en medio de ambos comandos terrestres. En una nave Galaxi, un oficial de atlética figura observó en una gigante pantalla cada uno de los movimientos de ambos escuadrones. Era absurdo pensar que permitirían la confrontación. Sin embargo, tampoco permitirían daños a su nave; su tripulación con mucha claridad manejaba el evento sin mayores ansiedades.

Teniendo a mano una especie de control remoto, apuntó hacia un sofisticado tablero. Parecía un material de vidrio; en él pulsaban varios puntos de color. justo al estar en medio de ambos escuadrones, activó un escudo protector y en milésimas de segundo se había roto toda lógica terrestre. Ante la vista de los escuadrones, ambas naves desaparecieron. En el mismo instante, sendas ráfagas intercambiaron los escuadrones terrestres, impactándose mutuamente entre ellos. Había iniciado una verdadera batalla aérea. Fogonazos y lluvia de escombros evidenciaron que las naves estaban impactadas. Grandes explosiones y gigantes columnas de humo se disiparon en el cielo. Se había cumplido el presagio de muerte y destrucción.

— ¡Santo Dios! Tenemos bajas, coronel Tilson. Reporte en cinco minutos— expresó el General con voz entrecortada.

— ¡Enseguida! mi general

En su corazón algo le decía que uno de los pilotos era su amadísimo hermano, uno de los más aguerridos y experimentados de su flotilla aérea. El doctor Hilman por su parte, sentía mucha angustia. El escuadrón era valioso, pero su presentimiento de no volver a ver a la bella Arista cercenaba sus pensamientos.

Controladores del espacio y personal estratégico de cabina de control lamentaban la pérdida humana y material de ambas flotillas pues siendo terrestres, se destrozaban a sí mismos.

Durante muchos años, fueron muy frecuentes los constantes encuentros con seres amorfos de otras galaxias, como los elegantes Nórticos; también los azules de la galaxia vecina. Pero no con los Galaxi, que especialmente marcaron los recuerdos de Carlos Hilman, quien siempre estuvo pendiente de cualquier contacto alienígena.

Capítulo 8

Año 2020 en la Tierra

En una espectacular noche estrellada, limpia y enigmática, sentado en su cómoda silla de mimbre, el doctor Hilman miraba hacia el cielo. Inadvertida y fugaz, una estrella se desprendió sutilmente. Muy abrigado, con un cansancio inevitable, pues casi llegaba a los ochenta y ocho años, se sobresaltó; Puso mayor atención, un puntito brillante empezó a desplazarse con mucha lentitud. Su corazón inició una de las carreras más tormentosas de los últimos años. Su sangre la sentía fluir a torrentes que llegaban hasta su cabeza. Su presentimiento cobraba vida. Esa era una nave. Sí. Sus ojos sobresaltados se clavaron en aquel minúsculo punto de luz que cada vez se acercaba más y más. Pronto, destellos de colores que simulaban el presagio de una gran tormenta eléctrica, hicieron traer consigo una enorme nave intergaláctica; igual a la que hacía muchos años había traído a la bella Arista. Era una nave Galaxi. Extasiado, aquel venerable anciano, acompañado de su bastón, se levantó, y alzando sus manos gritaba silenciosamente: «¡Arista! ¡Arista! ¡Arista!» A un par de metros del suelo, aquella nave, sin ningún movimiento, inerte y suspendida en el aire, emitió un sonido peculiar al caer con suavidad una compuerta de la cual se dejaban ver al menos dos esbeltas siluetas.

La neblina que rodeaba la nave dificultaba apreciar con nitidez, pero una voz familiar exclamó:

— ¡Carlos! ¡Carlos! ¿Eres tú? ¡Dime! ¿Eres tú?

Arista lucía radiante, atlética y mucho más joven, mientras su acompañante con una dulce mirada seguía paso a paso a su compañera.

Con paso lento pero seguro, extasiado hasta los límites, Carlos Hilman se dirigió hacia a su encuentro. Se abrazaron y se fusionaron en una conjunción espiritual.

Tomados de la mano, subieron la rampa, abrigados por aquella densa neblina. Un ser de esbelta figura custodiaba la subida de un ser de la Tierra y de Galaxi, hacia las entrañas de aquella enorme nave.

A unos cuantos kilómetros, Azucena, angustiada por haber dejado solo al Doctor, regresaba de la ciudad. Su mirada al cielo le hizo reaccionar; señaló sorprendida al cielo al ver algo inusual, mientras su motorista coincidía, señalando con su dedo índice el mismo fenómeno.

— ¡Esto tuvo que haberlo visto el Doctor! —aseguró Azucena. Aquel brillante punto hizo un giro fugaz y se perdió en la inmensidad de aquel cielo estrellado hasta fusionarse con la oscuridad de la bóveda celeste. Azucena sintió un extraño presentimiento. A moderada velocidad se acercó a la propiedad. Su cuerpo le cosquilleaba, pues Arista en algún momento le enseñó cómo detectar cuándo los pensamientos eran verdades anticipadas.

— ¡Doctor! ¡Doctor! ¡Doctor!

Azucena buscó como hábil radar la presencia del anciano profesional, pero, justo al buscar la silla de mimbre, la vio vacía; algo inusual, pues durante muchos años fue su lugar ideal.

Aproximándose, observó un sobre en el asiento del sillón de mimbre, del cual en una oportunidad le había comentado:

—¡Azucena! ¡Azucena! En este sobre te dejo instrucciones precisas; recuerda, quizá cuando lo leas, ya esté con Arista.

Extasiada, Azucena abrió aquel sobre y empezó a leer. de sus ojos brotaban sendas lágrimas. Cada palabra, cada indicación, números de cuenta bancaria, todo estaba a nombre de Azucena, quien quedaba como administradora de sus bienes. Al final de la misiva, le aseguraba que algún día volvería. Carlos Hilman, con mucho temple, había planificado cada detalle. Su corazón le repetía constantemente que Arista volvería, pues una Galaxi no miente. «Su corazón es palabra viva», se decía: sincera, transparente, definida. Limpiándose las lágrimas, Azucena levantó las manos y gritó hacia la inmensidad de los cielos:

— ¡Bendiciones, Doctor! ¡Que sea feliz! ¡Muy feliz!

Esa noche hubo mucha luz. El cielo, majestuoso, vasto, infinito, mostró sus maravillas.

Capítulo 9

De no ser por aquella familiar voz, jamás hubiese querido despertar. Su cama era algo especial; sentía una comodidad tan exquisita. Intentó abrir sus ojos, pero, vaya menuda sorpresa, todo estaba oscuro. Al principio, tuvo una gran desesperación, pero una suave mano acarició su rostro.

— ¡Vaya! ¡Vaya! ¿Cómo se siente el terrícola? —exclamó una enfermera que monitoreaba una pantalla suspendida en el aire. Lo veo perfectamente bien.

—¡Gracias señorita!, cuánto deseo verla para agradecerle sus cuidados.

—¡No terrícola!, la agradecida soy yo, pues me has permitido servirte con mucho amor; mi esmero ha sido bien recompensado. creo que nuestra líder estará feliz.

—Escucho decir, ¿nuestra líder?

—Así es terrícola. Nuestra líder Arista, la exploradora de formas de vida en diferentes planetas. Es una científica que ha logrado compilar evidencias contundentes sobre la vida cíclica de algunos planetas que como el tuyo cada cierto tiempo se autodestruyen, limitando el desarrollo y progreso.

El doctor Hilman, vendado, y vestido con una especie

de túnica blanca, ansiaba ver a aquella mujer y poder continuar tan interesante plática; sin embargo, súbitamente todo quedo en silencio.

— ¡Señorita! ¿Me escucha?, insistía …

Todo había quedado en silencio. La enfermera salió de la habitación. Carlos Hilman tenía muchas preguntas por hacer; pues quería comprender cómo Arista estaba tan joven, y cómo era posible sentirse más lúcido, más energético más vivo. Luego de aquietar sus pensamientos súbitamente empezó a recordar con nitidez una de tantas conversaciones tenidas durante el viaje:

—*Tu planeta está moribundo, Carlos. Es un paraíso intergaláctico. Todos quieren intervenir. Todos quieren ir a la Tierra, pero no todos con buenas intenciones. Hay aventureros ansiosos de poder, quieren los recursos que solo ahí existen. Ustedes han hecho muchos progresos, pero aún es insuficiente, mientras no aceleren la colonización de otros lugares. Marte no es suficiente, pues el tiempo de forma inadvertida se está terminando.*

«Las confederaciones intergalácticas han fracasado, pues razas violentas y amorfas han pactado y cada día tu pueblo es flagelado mediante secuestros, experimentos de antiamor que lo envilecen. Las mutaciones y extracción de minerales, que de forma clandestina hacen, están generando grandes agujeros en la Tierra, que ustedes no alcanzan a comprender su existencia. Cada día surgen más.

«Sin embargo, lo más exasperante es que ustedes no están a la cabeza de la cadena alimenticia. Su cuerpo y sangre son manjar para algunas especies alienígenas. Pero aún hay más. Algunas se alimentan de la violencia que irradian día a día, y cuando estos

quieren saciarse, producen terror a través de catástrofes. Se alimentan del sufrimiento, del odio y de la violencia humana.

«Muchos hermanos exploradores e investigadores, aun teniendo restringida la llegada a la Tierra, llevaron el mensaje hasta allí, el más sencillo de todos, el que limita toda tragedia, el del Amor, que lo cambia todo.

Hilman recordó cada palabra del viaje desde la Tierra. Los tres años terrestres habían sido suficientes para desvelar tantas cosas que aún no asimilaba. Jamás durante su estancia en la Tierra dijo ni comentó cosas tan específicas. Siempre evadió comentar sobre su planeta, pero tras su retorno, todo había cambiado.

Arista aún no daba señales de vida. Turbado, cayó en un profundo silencio. Sus pensamientos cesaron y el silencio externo continuaba igual; justo en ese momento reaccionó y pensó «Me siento lúcido; mis ideas y pensamientos son más dinámicos».

Llevó sus manos a su cuerpo, las resbaló con suavidad en sus piernas y notó algo inquietante. No había flacidez. Sentía un cuerpo diferente, sólido y consistente. Pronto, alcanzó a escuchar la voz de la bella Arista que se acercaba en compañía de otros Galaxi:

— ¡Carlos Hilman!, eminente doctor de la base Orión. Su cuerpo ha sido genéticamente restaurado. Este día tendrá la oportunidad de ver, por primera vez, nuestro planeta. Su desarrollo espiritual está evolucionando rápidamente. Hoy es nuestro hermano Terra-Galaxi ¡Hola Carlos! ¿Cómo te sientes?

—Qué te puedo decir, ¡Me siento fenomenal! Siento como si me hubieran quitado muchos años.

Todos se echaron a reír y lo abrazaron.

— ¡Bien dicho, doctor Hilman! Le han quitado sesenta años terrestres — replicó un acompañante.

— ¡Bienvenido a Galaxi! El Planeta de la Unidad y el Equilibrio, —expresó otro.

—Vamos, enfermera. Permita a amigo, poder apreciar la belleza de nuestro planeta y, por supuesto, su renovado rostro — exclamó Arista.

Y acercándosele, le susurró al doctor: «Sí, Carlos, es hora de que veas lo atractivo que estás».

La enfermera también compartía la emoción de aquel momento. Con sumo cuidado, poco a poco, cada pliegue de su cabeza se iba desligando. Estaba a punto de descubrir la transformación de su cuerpo. No podía ni siquiera imaginar que desde ese momento tenía más tiempo para poder desarrollar sus sueños, sus esperanzas y fusionarse en los esfuerzos por ayudar a su tierra. Tenía claro que muchas cosas eran diferentes en relación con lo que vivió en su planeta; sabía que las cosas eran mucho más complejas de lo que parecían. Mientras aquella suave mano circulaba su cabeza, sintió que la luz tenuemente se iba advirtiendo, hasta que una sonrisa conocida, mágica, angelical, se abalanzó hacia él, dándole un abrazo intenso y prologando.

Arista le susurró al oído: «estás en casa, bienvenido». También los otros Galaxi se fusionaron con él entre abrazos y sonrisas.

Carlos empezó con su mirada ansiosa a captar todo su entorno. Alucinado, corrió a una de las gigantes ventanas que mostraban un paisaje natural. «Bello», dijo. Una arboleda de extrañas especies que al vaivén del viento se balanceaban.

— ¡Carlos ven! Esto te impresionará. Quiero que mires tu rostro.

Lo llevó a un costado de aquella gran sala y señalándole con su índice, continuó diciendo:

—He ahí, Carlos Hilman, sesenta años menos y con un desarrollo intelectual en crecimiento. No lo podía creer.

Era increíble, su rostro le recordaba, los tiempos de la universidad. Se tocaba su rostro y no daba crédito.

— ¡Cómo es posible esto! — exclamó Carlos con una emoción incontenible.

—Es una larga historia — respondió Arista. pronto lo sabrás.

Grandes descubrimientos estaban por revelarse. Carlos Hilman era un hombre diferente, tenía un nuevo cuerpo y un renovado conjunto de habilidades que iría descubriendo en la medida en que pasara el tiempo.

Juntos salieron de aquel inmenso edificio de atención médica comunal. Un vehículo extraño que no tenía ruedas, se aparcó justo frente de ellos.

—¡Adelante! —Exclamó una melancólica voz.

—¡Gracias! —respondió Arista.

¡Ven Carlos!, este vehículo es lo que en tu tierra sería un clásico carro.

Carlos, lleno de entusiasmo, subió; quedó sorprendido al sentarse. El asiento era muy suave; las paredes del vehículo, aterciopeladas; las ventanas del vehículo se cerraban automáticamente. No emitía ningún ruido ni mucho menos alguna emanación de humo. Se desplazaba por una banda, que se podría decir, simulaba la calle.

Carlos Hilman pensaba muy sorprendido. "Las edificaciones son muy diferentes a las de la Tierra. No se ve nada que tenga líneas rectas que formen ángulos y el carrito parece de feria, —siguió pensando y soltó una carcajada.

—Tienes razón., respondió Arista

—No hagas eso, me pones nervioso.

— ¡Vamos Carlos ya te acostumbrarás! Entenderás por qué en nuestro planeta no existe la mentira. Nadie puede mentir; nuestros pensamientos no se pueden ocultar.

Carlos comprendía que siempre Arista le había conocido, desde el primer contacto en la base secreta; eso le hacía pensar que siempre supo lo que su corazón a gritos silenciosos le decía.

— ¡Mira! —Exclamó Carlos. ¿Y eso qué es?

— Es el edificio de nuestro Museo de las Ciencias. Ahí es donde trabajo. Todo mi esfuerzo es para documentar el desarrollo antropológico en el Universo.

—Me encantaría visitarlo y conocer la documentación que has trabajado de mi mundo.

— ¡Claro! Ahí te darás cuenta de que la Historia que han registrado en tu mundo es muy limitada. Casi te podría asegurar que es mínima; quedarás impresionado. La forma de ver tu tierra será diferente.

—Arista, ¿por qué las edificaciones no forman ángulos? Veo sólo formas esféricas y algunas estructuras se ven achatadas.

— Nuestros científicos descubrieron que es la mejor forma de avivar la energía. Los ambientes son más armónicos, todo fluye con mucha libertad. En los edificios de la tierra se ve irracionalmente interrumpida. Aquí, lo único que ves como cortado en la cima de algunos domos, es donde se aparcan pequeños vehículos familiares.

Recorrieron la metrópoli llena de estructuras con forma de domos y color metálico.

— ¡Carlos, mira ese es mi hogar! Eso que ves en el techo es Luxor; con él viajo todos los días al museo de ciencias. El vehículo se estacionó justo al frente de la casa de Arista.

— ¡Vaya comodidad, amigo! ,Gracias por el viaje, dijo Carlos.

—¡Fue un placer de servirles —respondió aquel ancianito. Luego que bajaron del vehículo, Carlos respiró hasta llenar sus pulmones, y dijo:

— Siento que el aire me reconforta. Me da vida. No hay diferencia con la Tierra.

—Gracias al tiempo de preparación en la sala de climataje, estarás bien por muchos años en este mundo, replicó Arista

Aquel motorista de edad avanzada, pero de notable viveza levantó las manos e hizo una señal de despida.

— Oye Arista, qué anciano más agradable.

—Es Polonio, ya casi llega a los 1500 años de nuestro tiempo, y aún le falta por vivir.

Ambos empezaron a reír.

— ¡Otra vez, Arista! No leas mis pensamientos.

— ¡Sí, claro! Cómo se te ocurre pensar que en tu tierra. Polonio sería una momia. Y nuevamente hubo un estallido de carcajadas.

Ambos caminaron hacia la entrada principal. Arista golpeó sus manos y simultáneamente se abrió la puerta principal.

Una especial emoción le embargaba. Nunca hombre alguno había entrado a su hogar desde que su padre había desaparecido luego de una misión intergaláctica. Aún abriga las esperanzas de volverlo a ver. Su nombre figuraba

en los listados de los grandes héroes, "Los misioneros de Galaxi".

Carlos, invadido por la curiosidad, merodeaba cada uno de los amplios espacios de aquel confortable lugar. Le encantaban los tenues colores que emanaban de las paredes. El techo simulaba el espacio sideral; todo era mágico, extravagante. Los ventanales eran curvilíneos y mostraban el horizonte de exuberante y exótica vegetación.

El fondo de una peculiar habitación llamó la atención de Carlos. Era un holograma en tiempo real que mencionaba el nombre de Arista. Luego habló un lenguaje que no comprendía, era repetitivo y variaban las personas en cada cambio de mensaje.

—Arista, ¿este es el medio de comunicación, verdad? No hay cables ni nada, solo esa cosita que parece una velita cilíndrica de donde sale el holograma.

—Sí, Carlos, tráelo, estás en lo correcto. Son los mensajes acumulados desde mi viaje a la Tierra.

— ¡Vaya! Arista, son bastantes mensajes; tendrás mucho que ver.

—habrá tiempo para verlos, —respondía. Carlos no salía del asombro. Todo le parecía fascinante, es más, pensaba que podría aplicar en la Tierra lo que veía en Galaxi.

Pensó que estaba en el camino correcto. Mucha tecnología podría desarrollarse a favor de la gente, a pesar de la voracidad de muchos que maquinaban la explotación irracional.

Sin importar emociones ni entusiasmos, Carlos se quedó dormido en aquella confortable silla. Arista sólo mencionó unas palabras y la silla se desplegó hasta convertirse en una cama que se desplazó hasta un lugar especialmente para dormir.

Capítulo 10

La diferencia entre el día y la noche era imperceptible. Carlos estaba turbado, parecía un día eterno; inquieto se levantó, algo le llamó la atención...
Un relajante mantra deliciosamente vocalizado empezó a escuchar:

OM AH HUNG BENZA GURU PEMA SIDDHI HUNG,
OM AH HUNG BENZA GURU PEMA SIDDHI HUNG,

Carlos, con mucha curiosidad, trataba de ubicar su procedencia. Pudo ver a la bella Arista en postura meditativa que vocalizaba con mucha devoción. Pensó que lo mejor era curiosear el techo de la casa. Se levantó y, desplazándose mediante una especie de pasillo, pudo divisar en la cima un vehículo parecido a una esfera de vidrio. «Es Luxor», pensó. Mayor fue su sorpresa al divisar en el cielo cientos de esos vehículos que volaban. Se formaban grandes filas; unos iban, otros venían, pero todo en gran armonía.
— ¡Chocarán! —dijo Carlos
— ¡No, Carlos! — contestó Arista detrás de él. No pueden chocar. Cada vehículo maneja su propia frecuencia, digamos, como líneas paralelas; jamás pueden juntarse, hay una fuerza gravitacional que no les permite juntarse.

—¡Interesante! ¿Son fáciles de conducir?, ¡Facilísimo! Para decirte, que un niño lo puede hacer. Se maneja mediante una palanca; tu pensamiento lo conduce sin más inconveniente.

Carlos seguía extasiado mirando los cielos, Arista bajó a preparar un delicioso desayuno a base de frutas y mieles. « ¡Acércate Carlos!», pensó Arista,» comamos algo, hoy nos vamos al Museo de las Ciencias». Y él, captando el mensaje sin haberlo escuchado, bajó y se incorporó a un bello espacio que hacía de comedor.

Mientras Carlos comía, sintió una vibrante curiosidad, pues quería saber sobre la vida registrada en la Tierra. De igual forma pensó si sus interrogantes serían respondidas.

Más tarde retornaron al techo. Arista tomó la iniciativa y señaló al cielo, que no era azul, sino de un fantástico color esmeralda. Era impresionante ver cientos de Luxor que parecían bandadas de aves en perfecto orden, sin ningún peligro de colisión. Se desprendían de las filas, según al lugar a donde se dirigían.

—Adelante, Carlos, ¿quieres conducir?

—Ummm, no Arista —dijo Carlos temeroso, ratificándolo con un movimiento de cabeza.

— ¡Ja, ja, ja! Parecen carritos de feria, son cómodos. Todo se ve al entorno.

—¡Sí, verdad, Bueno, ahí vamos. El carrito era como ver una burbuja, empezó lentamente a levantarse hasta pronto estar en los cielos. Se podían ver techos, unos domos de distintos tamaños, aglomerados y alineados, formando un gran círculo gigante. Al centro, había una   enorme cúpula donde coincidían las bandas que utilizaban los vehículos manejados por ancianos.

—¡Mira Carlos!, ¿ves allá?, justo donde están aquellos domos que sobresalen, ahí vamos, es mi lugar de trabajo. ¿Ves el domo del centro? Ahí se le conoce como el Estrado Mayor, donde nuestros sabios toman las decisiones más trascendentales de nuestro planeta.

Con suma atención, Carlos observaba y se le ocurrió preguntar:

—Arista, ¿tienen ustedes militares?

—No, Carlos, nuestro pueblo es de Paz, Unidad y Equilibrio. Tenemos alguna defensa mínima con expertos en el área, pero no existe ejército bélico, aun cuando tenemos vecinos, guerreros, piratas y razas malvadas.

— ¿Y quién los defiende?

—Hay un campo gravitacional impenetrable; sólo nuestras naves pueden entrar y salir.

—¡Es impresionante!

—¡Mira!, hemos llegado; Carlos no dejaba de ver cómo Arista, con una simple palanca y sin muchos controles, conducía con gran facilidad aquel vehículo. Desde allí se podía ver todo el entorno; era de un material muy cristalino, que se parecía a los vidrios que se usaban en los autos de la Tierra Arista realizó algunos giros y, justo en un amplio espacio abierto, como un aparcamiento, descendió hasta ubicarse donde correspondía, junto a otras filas de carritos que se acomodaban ordenadamente uno tras otro.

—¡Arista, bienvenida! —Exclamó un elegante e impresionante Galaxi, de piel oscura, ojos azules, con una delicada presencia abría paso a los visitantes.

— ¡Adelante!, Ten mucha sabiduría con lo que te voy a mostrar. Esto cambiará tu forma de pensar y de ver las cosas; desde hoy comienza tu despertar.

Intrigado, Carlos Hilman, el famoso Doctor de la base secreta, sentíase como un niño que llegaba por primera vez a la escuela.

Al adentrarse al museo, pudo observar la gigantesca estructura: un enorme péndulo en el techo desde donde podía observarse el movimiento de la galaxia en relación a los dos soles que abrigaba.

Justo a un extremo, se extendía un enorme pasillo donde se observaban normes y curiosas figuras humanas de hombre y mujer, uno a cada lado del pasillo; de manera sucesiva, otra pareja de cavernícolas, siempre hombre y mujer. Así continuaban a lo largo de aquel enorme lugar, parejas de diferentes seres humanos y no humanos que en algún tiempo habitaron la Tierra.

— ¡Arista! —Exclamó Carlos con profundo curiosidad. ¿Por qué hay gigantes? ¿Hay algún planeta en especial, o solo existieron en cuentos, en nuestra tierra?

— ¡En el tuyo! Hubo una época en la que los gigantes habitaron la Tierra.

—¿En algún lugar en particular? — cuestionó Carlos viendo minuciosamente a los enormes seres.

— No, Carlos. En todo tu planeta existió una generación. Vivieron muchos siglos terrestres; quedó registrado en la

Biblia, el libro sagrado, Génesis 6, versículo 4: «En ese entonces había gigantes sobre la tierra y también los hubo después, cuando los hijos de Dios se unieron a las hijas de los hombres y tuvieron hijos de ellas». Cuando llegó el cataclismo, muchos estaban preparados y, usando tecnología, crearon sus propias tumbas sintéticas. En la actualidad, muchas piedras enormes tienen en sus entrañas a un gigante, con la esperanza de que algún día alguien los rescate. Sus dioses llegaron a su límite de tolerancia. Cada piedra quedó codificada, a la espera de que la benevolencia retornara. Fue una promesa. Pero muchos no escucharon o no tuvieron los medios para salvarse. Su degeneración era excesiva; sus cuerpos yacen enterrados. Algún día tu pueblo abrirá los ojos y los descubrirá.

Carlos no salía de la duda y del asombro.

— ¿Gigantes en nuestro planeta? Vaya, vaya, quién lo podría creer

—Te lo dije, Carlos, mucha sabiduría para entender.

—Sin palabras. Amor, tenías mucha razón.

Carlos, embriagado de curiosidad, observaba atentamente a los dos gigantes. Se tiró al suelo y acostado era justo el tamaño de sus pies. La mujer era más pequeña, pero siempre impresionaba. No lograba entender cómo en nuestro planeta nada se sabía de ello, jamás una pista; sin embargo, en la Biblia se hablaba de su existencia. El cataclismo borró cualquier evidencia, pero yacían en las entrañas de la Tierra, según se lo aseguraba Arista.

— ¡Carlos! —Exclamó Arista—. Mucha de la evidencia que verás fue recopilada por nuestros ancestros. Este museo está dedicado solo a la Vía Láctea, a tu sistema solar y, por supuesto, a la Tierra, donde particularmente he trabajado. Luego Arista, con mucho orgullo, señaló el pasillo de toda la historia antropológica de la Tierra, en donde se miraban cavernícolas, enanos, chinos, japoneses, amerindios, mayas, incas y una cantidad de seres inimaginables.

— Cada cuerpo —manifestó Arista— tiene su propia historia, ya que una de mis actividades es evidenciar y registrar la historia del planeta Tierra.

Ambos dejaron el pasillo. Inicialmente, el doctor Hilman estaba muy impresionado. Se encontraron a dos esbeltos Galaxi en el camino, uno más alto que el otro; uno tenía facciones orientales, su piel era amarillenta; el otro parecía un típico indígena Maya, y de él, pudo percibir sin palabras
la expresión «la paz sea contigo, hermano».

—¡Así sea! —dijo Carlos simultáneamente.

—Te has dado cuenta. Nadie muestra sorpresa por tu presencia —agregó Arista. Llevamos miles de miles de años teniendo contacto con ustedes; generalmente tenemos intercambio con seres de muchos planetas, pero la Tierra es nuestra consentida, mi pasión. Todo el Universo está concentrado en la Tierra. Son nuestros hermanos, son nuestra razón; todo lo que existe en el cosmos está concentrado en tu planeta, diversidad de razas, culturas, lenguas, desarrollo. Para estudiar todo eso, tendrías que viajar exorbitantes distancias, buscar de galaxia en galaxia, y en algunos casos sociedades tan belicosas que se ejecutan todos los protocolos de seguridad. Aun así, los riesgos son enormes. En un lugar estratégico, un dispensario de bebidas automático servía refrescantes jugos naturales. Espontáneamente, Arista tomó uno. «Son deliciosos, muero por ellos».

Carlos no disimulaba su gran entusiasmo, pero, a decir verdad, él tenía preguntas específicas que toda la vida le habían intrigado.

— ¡Tranquilo, Carlos! ¡Dime! ¡Pregúntame!

— ¡Ay, Arista! —Exclamó Carlos.

Nuevamente Arista se anticipaba a sus pensamientos, pero ella respondía con toda comodidad.

— ¡Ya! Tranquilo, poco a poco te vas a acostumbrar. Dime, luego de un silencio, — ¿Qué te intriga?. Carlos El lo tenía claro. Era su oportunidad para averiguar todo cuanto quisiera, y no dudó en hacerlo:

— ¿Existe Dios? —Cuestionó Carlos

— ¡Sí, claro! Dios, la esencia Divina del amor, eres parte de ella tú también.

— ¿Jesucristo fue extraterrestre?

— Fue un mensajero surgido directamente de la chispa Divina; de la misma fuente inagotable del amor universal y eterno. Su misión era prepararlos para la vida eterna. Su mensaje prevaleció, sigue vigente en el tiempo. Desde su llegada iniciaron los procesos para frenar el oscurantismo y amor por lo material.

«Tu Dios, mi Dios, está en todas partes, abajo, arriba, en todo cuanto existe.

«Fue en los cielos, donde el amor fue fragmentado. La

Tierra fue contaminada con el Antiamor. Los planes de la ascensión universal se aletargaron, sin embargo, los tiempos cíclicos de la Tierra garantizan que tiene los días contados, y será expulsado. Las confederaciones galácticas hicieron acuerdos de convivencia armónica, pero algunas especies han violado la confianza de las decisiones colegiadas e intervenido con nefastas intenciones la Tierra.

Degeneraron el camino a la espiritualidad. Hoy mismo, la tierra ha colapsado, sus gobernantes son sustituidos por hermanos de naturaleza violenta. Algunos, incluso, han adoptado la vida terrestre, se camuflan como terrícolas; qué mentira más grande, nuestros hermanos han sido vilmente engañados, esa es la verdad. Pero no están solos.

Pronto habrá, al igual que en ciclos pasados, depuración y limpieza. Todo lo sucio será destruido y lo bueno, rescatado... No será la primera ni la última vez. De ello tengo mucho que contarte.

«Mis ancestros tuvieron una activa participación, dejando una profunda huella en los corazones terrícolas. Las misiones en nuestras gigantescas naves intergalácticas rescataron a todos los terrícolas que irradiaban vibración de amor. La maldad no lo permite, pues emite una frecuencia que es repulsiva. «Mi madre ARITA y AUREA su gran amiga quedaron atrapadas en la Luna con toda su tripulación, luego de un ataque de naves Reptilianas.

Nunca supimos esto, hasta hace algún tiempo. En esa época, ellos tenían la Luna como su centro de abastecimiento. Grandes estructuras dan testimonio de lo que digo. Fue imposible rescatarlas; por décadas tuvimos que acceder a otras rutas. En algún tiempo fue la gentileza del pueblo de Ganimedes quien nos apoyó, pero luego su consejo, consideró que no era conveniente continuar tras un ataque de Reptilianos; pues no querían aliados en su contra.

«Quisimos llegar más cerca y tuvimos alianza con los marcianos, pues ellos eran por naturaleza guerreros. Pero su alianza con nosotros los llevo a su destrucción.

Los Reptilianos, llenos de ira lanzaron bombas nucleares. Aquel planeta lleno de vida quedó destruido; algunos supervivientes buscaron las profundidades de su territorio.

Después de miles de años terrestres han dado de nuevo signos de vida; están regresando a la superficie. Algunos terrícolas exploradores y algunos sobrevivientes de los eventos pasados están nuevamente poblando lo que un día fue un bello planeta.

Carlos Hilman estaba extasiado; cada verdad sentía que lo alimentaba. Pensó cuánta sabiduría contenía la expresión del Maestro Jesús, «la Verdad os hará libres».

Aquel majestuoso museo tenía todas las respuestas, libres y abiertas, sin intereses ni confabulaciones, tan simples como eran. Pero el tiempo corría con mucha velocidad; sin advertirlo, bajo las circunstancias vividas, Carlos y Arista entablaron largas y tendidas conversaciones, hasta agotar y llegar al cansancio que era similar al que se vivía en la tierra.

Entre una sabrosa brisa, el hábil Luxor de incuestionable eficiencia los llevó a su hogar. Las inquietudes y curiosidades de Carlos Hilman se acrecentaban, pues un tema obligaba a abordar otro. Era una cadena de eventos interminables.

Pronto una especie de sirena alertó a las oleadas de Luxor. Una gigantesca nave nodriza oscurecía el cielo de Galaxi.

— ¡Santo Dios! —Exclamó Carlos Hilman. Es enorme, parece que somos mosquitos en esta cosita.

— Ambos se echaron a reír simultáneamente.

— Esa nave es similar a las que utilizamos en nuestras expediciones. Todas son de ayuda intergaláctica, investigación y rescate. Cada nave está equipada con otras veinte, del tamaño de la nave más grande que ustedes tienen, y al menos cinco pequeñas de reconocimiento, llamadas Luciérnagas, que son para terrenos hostiles.

«Hace mucho tiempo, nuestras gigantes naves se estacionaban en el lado luminoso de la Luna, y desde ahí abastecían a las diferentes misiones tanto en la superficie como en el mundo interno, ya que remanentes de civilizaciones buscaron refugio con los seres intraterrenos; en donde hay al menos dos grandes civilizaciones: una del amor universal y la otra eminentemente bélica, donde su desarrollo evolutivo ha sido degenerado por el antiamor.

«Generalmente, la evolución, en esencia, tiene los mismos niveles de desarrollo. Tú has oído hasta la saciedad que ustedes tienen "libre albedrío"; pues bien, eso aplica. Es acuerdo universal entre el consejo de ancianos de las civilizaciones asociadas. Nada ni nadie puede obligarte a tomar decisiones sobre tu planeta. Pero resulta que ancestrales civilizaciones altamente evolucionadas han violentado los acuerdos y la libertad de elección ha sido trampa, para que tu pueblo negociara desde tiempos inmemorables la convivencia con el antiamor a cambio de poder tecnológico. A cambio, ellos han fortalecido el mundo físico, degenerando los caminos del desarrollo espiritual. No hablo de religiones. Hablo de evolución del espíritu; que implica cambiar y purificar tu frecuencia vibratoria, que es la llave que te permite la entrada a los cielos.

—Entonces Arista, —interrumpió Carlos. Entendería que nuestra tierra ha sido influenciada por fuerzas oscuras.

—Bueno, creo que la palabra influenciar no es la apropiada. Más diría que son ellos los que toman las decisiones por ustedes. Están en todos lados, en tu gobierno, en las élites de poder: son ellos los más grandes financieros, son los que tienen el poder político, económico y financiero. Los últimos cinco mil años han hecho todo a su antojo. Han eliminado a millones de terrícolas para mantenerse en el poder; pero nuestro padre,

que todo lo ve y todo lo resuelve, permitirá que el amor universal se restablezca para siempre.

Separándose después de las oleadas de vehículos Luxor, nuevamente estaban en casa.

— ¿Te sientes bien? —preguntó Arista.

—¡Claro! Pero aún no salgo de la impresión de mi primer día en Galaxi.

Juntos bajaron nuevamente al confortable hogar de la bella Arista, donde continuaron por largo tiempo interactuando.

Después de tomar una especie de refrigerio, unos bocadillos a base de fruta y una extraña bebida suave, casi

sin sabor, Carlos cuestionó:

—¿Tienes videos, documentales?

— Te mostraré uno que ratificará lo que hoy platicamos.

— ¡Bien!

Una sonrisa de agrado invadió a Carlos y se quedó a la espera de tan interesante ofrecimiento. «¡Proyección!», dijo Arista ante un dispositivo. «Mostrar listado de trabajos de Arista y seleccionar videos».

Una especie de pantalla holográfica mostró en tres dimensiones las opciones mencionadas por Arista.

Así, continuaron viendo muchos recuerdos grabados y disfrutando de aquel momento.

Capítulo 11

La estancia era embriagadora, sin lugar a dudas una experiencia interesante. Todo se podía ver en imágenes tridimensionales, tan reales que parecían cobrar vida.

— ¡Mira Carlos!, esta es la raza que ha golpeado por miles de años a tu pueblo.

— ¡Santo Dios! —Expresó Carlos Hilman— ¡Son horribles!

— La belleza es relativa —contestó Arista.

Aquel impresionante ser de enorme altura con una apariencia humana, realmente, parecía un lagarto erguido. Mostraba una mirada penetrante con sus amarillentos ojos que tenían una línea negra vertical; más bien parecían los ojos de una serpiente. Carlos trató de pararse a la par de aquel ser. Más o menos, era un tercio de su altura. Su cola daba pánico, pues tenía movimientos a voluntad. Su piel se parecía a la de una víbora; sus escamas verdosas cubrían el cien por ciento de su cuerpo. Su presencia erizaba a quien lo mirara.

—En lo más recóndito de una cueva — comentó Arista, — luego de escapar de un grupo de alienígenas Reptilianos, encontramos a un moribundo reptil anciano; tenía una vestimenta como la de un monje.

En su mano tenía un punzón; al parecer estaba escribiendo

en un papiro. Tiempo después, logramos traducir su texto; estaba dirigido a los Chitauras. Creo que se trataba de postulados que el gran Jibalión, su rey, había ordenado difundir a lo largo y ancho del planeta. Carlos, por cierto, acá lo tienes ya está traducido.

Aquel papiro empezó a desplegarse; afanosamente Carlos se adentró en la lectura…

— Es toda una doctrina, es una especie de postulados de hermandad, dicta con precisión su intencionalidad sobre los habitantes del planeta. —Expresó Carlos muy motivado.

Cada palabra era captada por aquel científico terrestre, no había duda que era mucho conocimiento por descubrir.

— Este escrito fue encontrado en muchos lugares de la Tierra — expresó Arista, —efectivamente era un pacto universal para conquistar la tierra y hacerla suya.

«Se radicaron en la profundidad de la Tierra subterránea. Poseen dominio del conocimiento científico. Son guerreros por naturaleza; tienen alto nivel evolutivo. Fueron considerados Dioses; recibieron culto y adoración desde hace miles de años antes de Jesucristo; dominaron la genética, crearon híbridos para manipular a las diferentes civilizaciones, gestando la violencia, haciéndola un arte para el dominio y la conquista. Estos fueron enemigos de los gigantes; se mezclaron con semillas estelares y engendraron sus propios hijos, de igual manera entre ellos tuvieron grandes enfrentamientos. Posteriormente, el cataclismo planetario los extinguió y algunos sobrevivieron, pero con el tiempo desaparecieron.

«Los Reptilianos crearon una especie de humanoides a los que se les llamó Grises, convirtiéndose en sus servidores en el continente africano. Allí tuvieron sus asentamientos más fuertes. El antiamor prosperó al máximo y ellos se extendieron por todo el planeta. Para sobrevivir, se mezclaron con los humanos y fueron mutando hasta tener una apariencia más humana. Quienes no tuvieron esa oportunidad, fueron los grises; a la fecha aún siguen siendo sus esclavos y hacen el trabajo según se les ordene.

«En la actualidad, Los Reptilianos han ido evolucionando; hoy tienen la capacidad de tomar el cuerpo e identidad de cualquier terrícola; tomar su vida como propia, su estatus. Han logrado llevar al Antiamor a su máxima expresión. Siempre han sido salvajemente carnívoros y la sangre humana les parece delicioso néctar; para completar su alimentación, requieren del dolor de la humanidad. De no tenerlo, se enferman, por lo que provocan desastres, como terremotos, accidentes de toda clase, asesinatos en serie, injusticia, impunidad, pues es la única forma de estar saciados.

«Tienen una organización de carácter vertical; su religión ha sido fortaleza para subsistir a través de los tiempos. Tienen su propio planeta, aunque hay quienes aseguran que ellos son los dueños y que los humanos son los extraterrestres.

Carlos estaba absorbido por lo que decía la bella Arista. Todo esto parecía confuso; si ellos eran los dueños, por qué los humanos habían sobrevivido a la luz, mientras que los otros continuaban en la clandestinidad.

—Carlos, cuando los dioses bajaron a la Tierra, ya estaba habitada. Habían sido creados por la inmaculada fuente del amor vivo. Fue la guerra de los cielos por la chispa del Antiamor, la que contaminó la Tierra. Estos seres influenciaron la violencia, las guerras, el afán de conquistas, el odio; pues siendo su sustento, tenían que propiciarlo so pena de morir ellos.

Arista señaló unas imágenes tridimensionales y continuó dándole mayores detalles al doctor Hilman:

—Estas naves viajaron a lo largo y ancho de tu planeta. Estos seres fueron nombrados de diferentes formas, pero eran los mismos. En África fueron los **Chitauras**; en Australia, los **Biamai**; en el sur de América, Viracocha; en México, **Quetzalcóatl;** en Estados Unidos, los **Hopi;** les llamaron **Sheti** en Colombia, y a la mujer que se convertía en serpiente le llamaban 'Bachue''. Ellos dominaron y con su jerarquía asumieron territorios, los doblegaron y gobernaron a su antojo. La mayor desgracia de estos seres fue que el humano inadvertidamente ha ido progresando en todos los campos, pero ellos han ido limitando la parte espiritual, sabiendo que un despertar los anularía casi de inmediato. La constante lucha ha provocado la participación de otros seres intergalácticos que han descubierto la verdad. Hay un ultimátum para esta raza. La confederación intergaláctica ha decidido, por unanimidad, que abandonen tu planeta. Los seres humanos despertarán como de una pesadilla y los Reptilianos serán vomitados y expulsados de la Tierra.

Arista le explicó a Carlos cada imagen muy detalladamente.

— ¿Te das cuenta? —continuó; por esa razón tenemos que acelerar nuestra lucha. Naves de gran poder están en

los cielos, pues la limpieza está por llegar a la Tierra; será erradicado el Antiamor. Las huestes celestiales llegarán a la Tierra a cuidar su rebaño. De ahí que el trascender es nada más que despertar a la verdad, descubrir el gran engaño y avivar tu divinidad.

— ¡Mira! —Exclamó Carlos. Se parece a ti, Arista sonrió.

— Es mi Madre Arita. En sus años de juventud, se dedicó a la antropología intergaláctica. Acá, la ves en una misión que para ustedes es un enorme misterio, la desaparición de los mayas. ¡Ja, ja, ja! Aún puedes hablar con ellos; algunos están al sur de nuestro planeta, mantienen sus costumbres. Son muy espirituales, están muy avanzados y dominan el espíritu.

— ¿Qué paso con Arita?

— Mi madre desapareció con una de sus mejores amigas en una de las misiones. Durante varios años terrestres buscamos hasta el cansancio en cada rincón de la Tierra, pero todo fue como en vano. Se establecieron reuniones con la confederación para su rescate, pero resultó infructuoso; sin embargo, mucho tiempo después nos dimos cuenta que, en un vuelo secreto, Apolo 20, descubrieron nuestra nave. Fue increíble.

Estuvieron durante años atrapados en la luna luego de un accidente trágico. Uno de nuestros aliados pudo haber rescatado nuestra nave, pero nunca supimos; irónicamente, ahora está con ustedes, su cuerpo ha sido rescatado. Pronto sabremos en qué lugar de la Tierra. Abrigo las esperanzas de que sea pronto; la reciente misión, cuando te conocí, tenía ese objetivo fundamental, contactar con los custodios del cuerpo de mi Madre. Pero la hostilidad de los terrestres ahora es acompañada de tecnología, y por supuesto, la alianza con el Antiamor los hace más peligrosos, pero gracias a ello nos conocimos.

Por otra parte, nuestras misiones han sido satisfactorias, pero también hemos tenido altos costos. El estrado mayor ha considerado la gran posibilidad de mandar una misión más a la Tierra para rescatar el cuerpo de Arita. Yo sería parte fundamental de la misión y creo tener las credenciales. En ese sentido, mi nombre está en la posible lista para retornar, pero hay sobrevaloraciones; eso me genera alguna incertidumbre y me pone animosa. Somos miles de Galaxi deseosos de participar.

— ¿Por qué no me comentaste eso en la Tierra? —replicó Carlos con un tono de incertidumbre.

— Es muy sencillo. Tenemos un protocolo, mientras estemos en un lugar diferente a Galaxi, nada podemos decir o contar de nuestro planeta. Romper esa regla sería no volver jamás. Y quién no quiere aprender de tu planeta; sería el peor castigo no hacerlo. Podemos ayudar a crecer, podemos generar conocimiento científico, mas no intervenir.

Hemos dado tanta información científica. Sin embargo, el egoísmo se vuelve un gran obstáculo.

Ahora mismo, poblaciones enteras están muriendo. Arista se levantó de una ergonómica silla y exclamó:

—¡Carlos, ¿ ves ese frasco de vidrio?, contiene un medicamento que usamos para matar cualquier bacteria. Ustedes le llaman MMS, dióxido de cloro, una solución al 28%, combinado con un ácido, genera el óxido de cloro. Es capaz de matar cualquier bacteria, virus o parásitos; cura miles de enfermedades, sin embargo, a pesar que dimos esta fórmula, tu sistema lo ha ocultado a toda costa. Han amenazado y eliminado a tu gente, pues el Antiamor tiene el poder. Nosotros lo llevamos siempre, pues el organismo de ustedes es muy vulnerable a los parásitos y bacterias. Te lo puedo garantizar, curamos cualquier enfermedad.

— ¡Arista! —Exclamó Carlos—. Esto elimina el imperio de los grandes laboratorios del mundo que se benefician de la enfermedad humana, pues mientras haya enfermedades, habrá grandes hospitales, de farmacias, y miles de médicos asumiendo la orden de los medicamentos legalmente disponibles.

—¡Tú lo has dicho! Esa es la gran verdad, pero si de algo te puedo asegurar es que tu pueblo trascenderá a costa de cualquier sacrificio. Nosotros, sus hermanos mayores, estamos con ustedes. Allá quedó mi madre y mi padre, de quien no tengo mucho que contarte, pues desapareció en una gran misión interestelar cuando aún era muy niña. Abrigo las esperanzas de volver a verle.

Arista mostró mucho entusiasmo en la conversación y continuó:

Todo lo que nace en la Tierra tiene un propósito. De tal manera que todo está preconcebido; el gran problema es que, al dar el primer respiro, te contaminas con el Antiamor. Ustedes le llaman "el pecado original". Te quedan dos opciones: o te desvinculas de él despreciando el mundo con sus placeres o te vuelves a tu esencia divina que es luz. Tú tienes la libertad de hacerlo, pero es obvio,

todo está contaminado. Los primeros que han de ayudarte son tu familia, tu escuela, tu comunidad, pero es difícil si todo está contaminado. De ahí puedes deducir lo que sucede, te absorbe el sistema y caes, pues los caminos del placer son anchos atractivos y tienen un mercadeo impresionante. La comunicación del sistema es ratificada en radio, televisión, cine, libros. Todo, absolutamente todo, está para atraparte.

En limitadas oportunidades te pueden ayudar. Hasta tu voz interna te habla cuando estás despierto; ellos también saben cómo hablarte al oído y cautivarte, y desde ese momento los cuerpos son tan solo un vehículo, un contenedor, pero el conductor ya no eres tú. Arista hizo una breve pausa y continuó hablando con el mismo aire reflexivo:

«La guerra es feroz, cada vez peor. Desde tiempos ancestrales el Antiamor dividió el entendimiento, el habla, el lenguaje fue dividido. El incidente de la Torre de Babel fue tan solo el principio del éxito del Antiamor. Sin poder entenderse, generó la división y ese principio en nuestros días está vigente: Divide y vencerás». Un hilo puedes romper, pero cien hilos juntos son invencibles. Al estar claro el principio divino que yace en nuestra esencia, el Antiamor lo vio como una amenaza; si todos hubiéramos hablado el mismo idioma, imagínate qué habría pasado, tal vez la divinidad humana habría sido descubierta hace miles de años y el antiamor erradicado de la Tierra.

Arista no ocultó nada a Carlos y durante mucho tiempo mantuvieron extensas conversaciones.

Así pasaron los días en Galaxi. Cada uno de ellos fortalecía a Carlos Hilman, quien tenía toda la energía del mundo para aprender, para captar toda la información que fuese necesaria para trascender y poder aplicarla a su retorno, que tarde o temprano sucedería.

Capítulo 12

Muchos años Galaxi después

«El tiempo es imperceptible en este planeta; sus actividades, enfocadas al crecimiento espiritual, hacen que pase como leves instantes desvaneciéndose deliciosamente en la vida de sus habitantes. Un planeta modelo como el que aspiramos llegar a hacer; una población pacifica de sabiduría inmensurable, donde están acostumbrados a recibir ciudadanos intergalácticos; un planeta que a tesón ha desarrollado la Unidad y el Equilibrio. Nuestros ancestros los confundieron con Ángeles y con el tiempo fueron considerados nuestros hermanos mayores. Ellos han asegurado que la única condición para que nuestro planeta trascienda es la expulsión del Antiamor. Bastará eso para llegar hacer como Galaxi. Arista tiene muchas facultades, pero ella dice con mucha certeza que todos los humanos tienen la capacidad para desarrollarlas».

Hay algo que impresiona al Doctor Hilman, no obstante, sigue estudiando la facilidad con que se viaja alterando la curvatura en el tiempo, generando túneles que viabilizan cualquier distancia, la más inimaginable distancia.

Este conocimiento está al servicio de la humanidad, pero es muy incipiente. Los humanos han viajado al pasado y al futuro, pero, como todo lo que pasa en la Tierra, esto se mantiene en la clandestinidad.

Arista se preparaba para retornar a la Tierra. Por supuesto, el doctor Hilman sería su compañero de viaje. Sólo esperaban la resolución del estrado mayor. La vida había transcurrido y ambos eran miembros del Comando Intergaláctico por la Ciencia y la Tecnología.

Durante algunos años, Arista enseñó a Carlos muchos conocimientos de supervivencia. Viajaron a varias galaxias, incluso a la de Cinco Soles. Visitaron muchos lugares idénticos a la Tierra, donde la vida era salvaje, con seres exactamente iguales a nosotros, pero con altos niveles de salvajismo y retraso. En varias ocasiones, Carlos le comentó a la bella Arista que era como viajar al pasado en la Tierra.

— ¡Carlos! ¡Carlos!, gritó Arista ¡Estamos avalados! El Estrado Mayor ha dado una respuesta afirmativa. ¡Volvemos a la Tierra! ¡Volvemos a la Tierra! ¡Volvemos a la Tierra!, Sin dudarlo, sobresaltado, corrió hacia ella y se abrazaron.

—Estaremos próximamente en una preparación intensiva dijo Arista. Luego de la gran ceremonia de convivencia universal, partiremos. Saldrán veinte misiones a la Tierra, muchas naves nodrizas intergalácticas, cuarenta naves de soporte médico. Habrá refuerzo de equipos ubicados en todo el planeta. ¡Es increíble!

Sin embargo, al mismo tiempo, se intrigaba, pues a diferencia de otras expediciones, esta parecía masiva. Estaba segura de que el Estrado Mayor manejaba mucha información; cosa curiosa, varios equipos habían retornado de otros planetas mucho más primitivos que la Tierra y había sido reasignados a esta nueva misión.

Algunos días después, en el centro ceremonial del Estrado Mayor se desarrolló la gran despedida. De los cuatro puntos cardinales acudían miles y miles de Galaxi, hombres, mujeres, niños y niñas, y hasta seres amorfos. Se podían advertir diversos colores de razas. En los aires se advertían naves de regular tamaño, a velocidad casi imperceptible. Carlos estaba extasiado, eso le recordaba los diferentes festivales carnavalísticos de la Tierra.

Los grandes domos lentamente se iban levantando y cada uno de ellos subía al cielo hasta formar un gigantesco techo que albergaba a los Galaxi. Parecía un conjunto de sombrillas gigantes. Una vez descubierta la enorme plataforma, ésta se llenó de júbilo al recibir al majestuoso ballet de jóvenes que daban la bienvenida a los asistentes.

Un estallido de toques entre manos, como simulando palmadas, sonaban al unísono; luego una especie de música intergaláctica empezó a sonar. Parecía estar

sonando Mythodea de Vangelis 2001; era majestuoso el espectáculo; se sentía una energía infinitamente placentera. Era la frecuencia del amor que se sentía en vivo; una armoniosa sensación e inmaculado éxtasis.

En el centro del imperial escenario empezó a levantarse un gran cilindro y sobre él unas figuras humanas. Era el consejo de ancianos, la máxima expresión, la real y auténtica representación del amor.

Todo mundo inclinó su cabeza mientras los ancianos daban una especie de bendición con su mano derecha alzada. Carlos estaba conmovido, pensó estar con ángeles en los cielos. Arista lo tomó de las manos y le dijo:

—Amor, estás en los cielos. Pero este no es el cielo de nuestro Padre Eterno, el de Él está muy lejos de acá, donde los ángeles custodian la morada del señor; tu Dios, mi Dios.

— ¿Quiénes pueden ir ahí? — Preguntó Carlos.

—¡Tú y yo¡, — contestó Arista con tono sonriente. Pero aún debemos purificarnos hasta llegar el momento en que nuestros cuerpos se conviertan en luz plena. Nos hace falta mucho tiempo. Debes saber que el Antiamor aborrece a tu pueblo, porque solo ustedes tienen la potestad de subir a los cielos, pues son hijos del mismo Dios. Ellos cayeron por el egoísmo. Ustedes no lo saben y sabiéndolo tienen todo en contra; es obvio, la lucha de ellos es cegarlos, pues en cuanto lo sepan, ellos estarían inmediatamente desterrados.

Un gigantesco holograma empezó a verse desde el centro del Estrado Mayor. Se empezaron a mostrar las acciones que se desarrollan en su galaxia y en otras, como la nuestra. El consejo de Ancianos, vestidos con túnicas blancas, mostraba su aura impecable.

— ¡Carlos, ¡mira!, es la Tierra ¡Justo en ese momento mostraban las acciones próximas a desarrollar y la gran misión que estaba por iniciar.

— ¡Bendición para nuestro pueblo que abriga el amor en unidad y equilibrio! — Exclamó un anciano.

Aquel ser de singular presencia levantó sus manos y a viva voz hizo temblar la gran plataforma en donde estaba. Todos los Galaxi empezaron a cantar al unísono.

"Señor, padre nuestro, infinitamente misericordioso, alabemos al santísimo, pues su amor infinito engrandece al universo, que nuestra unidad y equilibrio se inmortalicen en los confines de los tiempos". Y al unísono miles de voces exclamaron: «¡Así sea!».

Carlos estaba tan relajado, que súbitamente sintió caer de su rostro lágrimas de emoción. Tomándolo de la mano, Arista se acercó a él y le dijo:

—La frecuencia del amor es infinito éxtasis, pero aun tu cuerpo se alinea, a pesar de los años que has estado acá en adaptación.

— ¡Comprendo! —Exclamó Carlos.

Un espectacular coro de miles de voces continuó deleitando a los asistentes de aquel inusitado evento. Cada pieza erizaba la piel de Carlos. Sentía que su cuerpo se elevaba, cerraba sus ojos y sentía flotar. La frecuencia del amor lo absorbía hasta los confines de su cuerpo. Esta era una de las más importantes misiones del pueblo Galaxi, dar fin a una de las más crueles invasiones que desde miles de años mantenía a un planeta en estado agónico. Una fuerza negativa, corrupta e invasiva que había convertido a la Tierra en cárcel de Dioses y en paraíso para el Antiamor.

Los esfuerzos de Galaxi ahora estaban compensados con la incorporación de fuerzas intergalácticas de planetas vecinos cuyos valientes guerreros poseían avanzados procesos de evolución kármica tanto corporal como espiritualmente.

Capítulo 13

Puerto Interestelar de Galaxi.

Era épico. Carlos se sentía privilegiado, pues sus ojos trataban de devorar todo cuanto observaba. Naves nodrizas estaban agrupadas formando un gigantesco círculo, y en medio de éste una enorme plataforma salía de la superficie. Había una ancha carretera que daba exactamente a cada nave nodriza; de ahí salían todos los suministros para cada nave.

A un extremo, había un parqueo de Luxor; al otro extremo, unos enormes edificios de climataje espacial donde se recibían a los misioneros intergalácticos. Muchos extraños seres amorfos abordaban con sus equipajes. De igual manera, seres cibernéticos, robots gigantescos y androides se movilizaban en aquel enorme recinto. Unos trasladaban equipaje; otros se veían trabajando en las naves; y los demás colaboraban con los pasajeros para llevar sus equipajes. Algunos suministraban bebidas y comida en puntos específicos. No había ventas ni comercio. Todo era suministrado de gratis, nadie tomaba más de lo que necesitaba. Se advertía un exagerado movimiento. Era una Metrópoli inmensa; era difícil dimensionar su tamaño, pero con una gran ciudad terrestre, ésta se quedaba pequeña.

Una voz masculina hizo reaccionar a Carlos

— ¡Carlos! ¿Gustas una bebida?

…Era un enorme androide de rostro angelical, de dos metros de altura, con un escultural cuerpo, sin vestimenta; sólo tenía un traje azul, muy pegado a su cuerpo. Sus movimientos eran tan naturales y delicados, que era necesario detenerse y observarlo bien para advertir que se trataba de un androide.

— ¡Carlos! ¿Gustas una bebida? —Repitió el androide.

— ¡Sí! ¡Claro!

— Servirte con amor es mi pasión; qué disfrutes tu bebida.

— ¡Gracias! ¡Gracias!

Carlos no perdió su mirada siguiendo al agradable androide, más humano que muchos en la Tierra. Le intrigaba que lo hubiera llamado por su nombre si jamás lo había visto.

Carlos estaba desesperado. Buscaba en cada espacio a su amada Arista, a quien perdió de vista por algún tiempo en aquel puerto estelar; era como buscar una aguja en un pajar. Estuvo caminando por diversas áreas de actividad, hasta que pudo observar en una sala de abordaje a un grupo de personas que le eran muy familiar. Sus rostros encajaban con el de nuestros ancestros indígenas. Tuvo mucha curiosidad y, atravesándose algunas salas previas, pudo observarlos con más precisión. Efectivamente, eran terrícolas. Pensaba si podría hablar con ellos, pues parecía que estaban a la espera de algún abordaje. Su corazón empezaba a galopar. Era una brillante oportunidad de hablar con ellos; rompiendo sentimientos encontrados, se apresuró a donde estaban.

— ¡Hola, hermanos! Es muy grato saludarles —dijo extendiendo su mano.

Uno del grupo se levantó, pero se dio cuenta de que no le entendían; en cuestión de segundos, una voz resonó en su cabeza.

— ¡Hermanito! ¿Eres de la Tierra verdad? Mi corazón me dice que nuestra sangre es la misma.

— ¡Hermano, así es! Compartimos la misma secuencia genética; me maravilla conocerte.

—Estos son mis hermanos y vamos a nuestra comunidad ubicada al sur de Galaxi, donde radicamos desde hace algunos milenios.

El hermano indígena observó que Carlos aún tenía alguna dificultad para hablar telepáticamente; entonces buscó entre sus cosas y sacó un aparatito. Pulsó una pantallita y le pidió a Carlos que dijera en voz alta una sola palabra, y de manera mágica, comenzaron a hablar en su propio idioma, entendiéndose perfectamente.

— ¡Ja, ja, ja! ¿Cómo te sientes así?

—¡Perfecto! —Replicó Carlos—. Ahora sí, me siento más seguro al hablar contigo.

—Esto es normal en este planeta— comentó el indígena. Acá, se habla un solo idioma, pero todos mantenemos nuestra lengua materna original. Son alrededor de dos mil lenguas, pero siempre cargo este aparatito, pues me saca de muchos apuros.

—¡Qué bueno! —Exclamó Carlos. Ahora podemos hablar con mucha más tranquilidad. Y dime, cuál es tu nombre.

—Soy Ikal, del séquito de nuestro patriarca Itzamná. Mi pueblo fue rescatado por una mujer de este planeta de quien tenemos en nuestra plaza central una gigante estatua. Su nombre era Arita. Es a ella a quien le debemos el habernos permitido llegar a este bello lugar, la gran morada celestial.

—¡Arita! ¡Vaya! —Exclamó Carlos con mucho entusiasmo. Arista debería haber estado acá, para que escuchara hablar de su madre.

—Acaso, hermano, ¿conoces a la hija de nuestra salvadora?

— ¡Sí, hermano! La conozco muy bien.

—Sería un sueño conocerla.

En ese preciso momento, apresurada llegó Arista, quien con su peculiar sonrisa exclamó:

— ¡Carlos! ¡Carlos!

—Ahí la tienes — dijo Carlos, dirigiéndose a Ikal.

El indígena habló en su idioma y simultáneamente todo aquel grupo hizo una reverencia. Sorprendida, Arista quedó perpleja, sin palabras; sólo abrazó a Carlos.

—¿Qué pasa, amor?

— ¡Mira! —Dijo Carlos. Ellos conocieron a tu madre.

Y abruptamente se le acercaron, abrazándola fraternalmente. Uno de ellos exclamó.

— ¡Jamás pudimos agradecer a tu madre su bondad suprema!, Qué la bendición eterna colme tu vida, jovencita, descendiente de nuestra salvadora.

Se agruparon todos y compartieron algún tiempo. Minutos después, una voz alertaba la hora del abordaje. Había llegado el momento de partir.

— ¡Carlos! —Exclamó Arista. — Nuestra misión sale pronto. Hay una recepción previa; uno de los ancianos del estrado mayor estará presente.

Aquel escenario era apocalíptico, todos estaban justo al centro de inconcebibles naves nodrizas suspendidas en el aire. Descansaban en absoluto silencio a la espera de ser abordadas. Era alucinante, ambos estaban impactados. Estaban a la espera del anciano de asuntos intergalácticos, quien llegaría a despedirles. Ambos vestían las tradicionales vestimentas. Del Estrado Mayor surgió un venerable anciano cuya aura luminosa bordeaba todo su cuerpo. Una elegante túnica expulsaba brillantes centelleos; en su cabeza se advertía una especie de aureola color celeste brillante; sus gestos de humildad y sencillez contrastaban con una voz grave pero melodiosa. Era una voz embriagadora y cada palabra penetraba hasta lo más profundo del corazón.

— ¡Hermanos de la Unidad y el Equilibrio! —Exclamaba aquel venerable anciano.

«Esta misión histórica sólo podemos compararla a cuando nuestra Galaxia fue testigo del histórico gran rescate de nuestros hermanos terrícolas. Como siempre, hermanos, nuestras tripulaciones son de investigación, suministro y rescate. Nuestra confederación galáctica ha decidido poner fin a la intervención del Antiamor en la Tierra. En este mismo instante más de cinco mil miembros de la confederación están en camino con sus naves.

Definitivamente, será expulsado el Antiamor, por lo tanto, no hay duda que habrá mucha confrontación. Pero ahora contamos con la unidad del amor intergaláctico. El resultado traerá consigo la trascendencia de nuestros hermanos en su misma tierra y se unirán a nuestra confederación; por lo tanto, serán hermanos de amor en Unidad y Equilibrio, lo que permitirá la convivencia universal. ¡Nunca más la Tierra estará aislada! Al unísono, miles de misioneros gritaron:

«¡CONVIVENCIA!¡CONVIVENCIA! ¡CONVIVENCIA!»

Mientras el venerable anciano continuaba hablando, Carlos estaba   embriagado de emoción. Su corazón extasiado miraba alrededor. Sus ojos, fulminados por la curiosidad, no paraban de observar aquellas colosales naves que ni siquiera en su imaginación pudieron existir.

Arista sentía cada pulso del corazón de Carlos, casi vivía el mismo entusiasmo, a pesar de estar acostumbrada a estos abordajes.

Luego de finalizar aquella intervención, la tarima del Estrado Mayor empezó a introducirse en el suelo; luego una gran plataforma de similar forma selló aquel lugar. Una voz potente con poder de mando gritó eufóricamente: «¡Inicio de abordaje!».

Todo mundo empezó a caminar ordenadamente, alineándose en los cuatro puntos cardinales, en dirección de cada una de las naves.

Todos entonaban al unísono una canción. Carlos no lograba entender, activó su traductor, y al escucharla, se echó a llorar como un niño. Los cielos se oscurecieron.

Las naves se desvanecieron entre gigantescas nubes y lentamente se   alzaron   hacia el infinito, dejando un hermoso planeta caracterizado por el amor, la unidad y el equilibrio. Aun en la distancia se escucharon sonidos de graves trompetas que anunciaban la partida de los heroicos misioneros.

Las dimensiones de aquella épica misión quedarían grabadas en los humildes corazones de sus ciudadanos.

Capítulo 14

A millones de kilómetros de la Tierra, un gigantesco movimiento de fuerzas empezó a formar un enorme círculo que parecía intempestivamente formar nubes de luminosos resplandores, acompañados de extraños sonidos. Pronto, se fue formando un enorme agujero de colosales dimensiones, que luego empezó levemente a vibrar. A medida que pasó el tiempo, se acrecentó hasta que de él empezaron a surgir miles de naves intergalácticas comandadas por Xilon, supremo de las brigadas y máxima autoridad definida por el Consejo de Ancianos. Un verdadero atleta cuya musculatura estaba equilibrada con su desarrollo espiritual. Un Dios verdadero ante los ojos de muchas deidades y conciudadanos interestelares.

Las naves exploradoras surcaron a tremenda velocidad aquel enorme enjambre de gigantescas naves, cuya función era la de anticipar cualquier nave enemiga. La épica batalla de liberación estaba próxima. Los Galaxi y sus aliados ya estaban reunidos, listos para intervenir. El principio del gran final había llegado.

Mientras tanto, en la Tierra todo continuaba igual. Los seres humanos y los no tan humanos seguían con su vida cotidiana deshumanizada y el materialismo más puro que nunca. Un sistema tecnológico había socavado el mundo espiritual con el Antiamor como tirano y la miseria de millones continuaba generando la riqueza de unos cuantos.

Aun cuando todo parecía seguir normal, los medios de comunicación terrícolas continuaban informando anormalidades en el espacio, pero jamás diciendo la verdad. Nunca, a pesar de las evidencias, habían querido aceptar que no eran los únicos en el vasto universo, pues siempre habían hecho creer que la vida era exclusividad del planeta Tierra.

Después de millones de años todo apunta que el principio del fin estaba cerca; que el Antiamor sería expulsado; que la Tierra se encontraría a sí misma y que sus habitantes comenzarían una trascendencia hacia una vida plena. Pero miles de preguntas surgían: ¿cómo sería el nuevo mundo?; ¿cómo se gobernaría?; ¿cómo se produciría y distribuiría la riqueza?; ¿cómo se castigaría?; ¿cómo se amaría?... en ese mundo de amor, con ciudadanos en unidad y equilibrio.

En medio de aquel enjambre de naves intergalácticas, Arista y Carlos Hilman ultimaban detalles del abordaje a la Tierra. Se preveía la más cruel batalla. No queda la menor duda. Era la última oportunidad de limpiar, de erradicar plenamente el Antiamor, esa frecuencia oscura que por eones contaminó la Tierra y la sometió a un desarrollo equivocado y violento.

— ¡Arista! — Exclamó Carlos. — No hay duda, todo está por definirse, ¡observa! Un gigantesco holograma muestra todos los túneles bajo la tierra. Es increíble, la tierra parece queso Roquefort; miles de asentamientos bajo tierra; bases guerreras de Reptilianos; un mundo interno plenamente organizado, lleno de maldad y odio para la humanidad.

— ¡Mira Carlos!,—Expresó Arista. —Esta base constituye la fuerza clave de la maldad, los más altos jerarcas de esta perversa raza operan y genera todo desde ahí. Este es nuestro destino. El supremo Xilon ha delegado a su fuerza guerrera más poderosa a esta área. Recuerda que somos los limpiadores, somos el escuadrón de rescate y cuidados intensivos. Dios Supremo nos cuide y libere de esta batalla infernal.

«La Tierra es la cuna de la mayor parte de razas existentes en el Universo, pero únicamente se quedarán las que vibran en la frecuencia del Amor. Por fin, esta bella
tierra será miembro de la confederación interestelar y volverá a renacer el amor y los ciudadanos vivirán en Unidad y Equilibrio. «Los cielos están convulsionados; naves van y vienen. Las gigantescas naves intergalácticas armónicamente se movilizan, manteniendo una perfecta comunicación entre sí; de ellas salen miles de naves guerreras. Es una batalla épica, una monumental y apoteósica lucha contra el Antiamor.

Hilman y Arista en la retaguardia de aquella masiva invasión mostraban mucha serenidad. Su gigantesca nave de sanidad y rescate tenía la capacidad de atender medicamente a 5000 guerreros. Tenían claridad de lo que tenían que hacer en esta batalla final.

Las comunicaciones eran fluidas, sin embargo, empezaban

a tomar un rumbo diferente. Los operadores mostraban repentinamente un cambio de actitud. Sus manos aceleradamente tocaban aquellos gigantes tableros trasparentes. Todo el equipo monitoreaba cada uno de los movimientos de la misión.

La voz de Arista, resonó en el silencio:

—Naves Reptilianas están a punto de atacar. El gran señor Xilon está generando un contraataque; no hay duda, es inminente. Pide tomar posición con escudos y estrategias de invisibilidad. Mientras su acentuada voz se escuchaba en toda la nave, Arista corría hacia el centro de comando de donde había surgido el mensaje. Ahí estaba de pie Carlos Hilman, a un lado de una operadora de piel negra y ojos azules de una perfecta y delineada silueta.

— ¡Arita! —exclamó Carlos.

El supremo Xilon nos advierte de un ataque reptiliano; fuerzas oscuras en cuadrante de advertencia.

—¡Carlos, activa el protocolo de advertencia a todas las naves Galaxi! Entramos todos en alerta preventiva. Convoca a los líderes de nuestro equipo. Debemos definir posiciones y confirmarlas.

Carlos, mediante un dispositivo, comenzó a llamar a los líderes de cada área del comando. En segundos, en la sala de juntas, rodeados de un mágico resplandor, calaba un sabroso aire helado y seco que embriagaba el ambiente. Fue Arista la última en entrar. Los rostros de los diferentes líderes de la nave Galaxi mostraban evidente tensión. Al frente del comando, Carlos Hilman, levantando su mano y señalando a la bella Arista, intervino:

—¡Hermanos!, Arista anuncia los lineamientos a seguir en estos momentos de acción preventiva.

—¡Efectivamente hermanos! — Expresó Arista. No hay duda de que las fuerzas del Antiamor han reaccionado agresivamente. Nuestro comandante supremo Xilon nos advierte acciones preventivas. Naves Reptilianas han sido detectadas y estamos a la espera de un masivo ataque.

— ¡Arista!

—Intervino un oficial del equipo. Nuestras naves están listas y nuestros médicos, de igual manera.

—¡Perfecto!, —Respondió. — Cada nave guerrera de la Confederación deberá ser abrigada por nuestras naves de rescate y sanidad. Nuestros hermanos deben auxiliarse y ser atendidos. Así, continuaron emotivamente Carlos y Arista generando las condiciones a la espera de los momentos bélicos anunciados.

Muy cerca de ahí, en una de las poderosas naves de intervención, al frente de aquel ejército intergaláctico, su eminencia Xilon, ultimaba estrategias de ataque con los nueve representantes de las fuerzas espirituales más significativas del Universo, que compartían un mismo nivel de trascendencia, y cuya apariencia, además de que no era puramente humana, mostraban rasgos y vestimentas muy diferentes.

Al frente, Xilon, supremo asignado por ancianos de la confederación, exclamó:

— ¡Hermanos, confederados! Durante mucho tiempo, hemos limitado nuestro apoyo a la Tierra, lo cual fue respetado y apreciado; sin embargo, los Reptilianos y razas afines han ignorado siempre este acuerdo universal y en silencio han contaminado a muchos terrícolas. Han influenciado su desarrollo tecnológico a intereses monetarios. Han llevado a nuestros hermanos al desastre; de continuar así, su trascendencia sería una utopía. Bajo esas circunstancias estamos a punto de iniciar una verdadera batalla con el fin de erradicar el antiamor de la Tierra y así poder integrarla a nuestra confederación, facilitando con nuestro apoyo la transformación y trascendencia de nuestros hermanos.

Al unísono, todos los hermanos galácticos alzaron su mano derecha y gritaron según su lengua:

«¡Amor universal! ¡Amor universal! Paz a esta tierra y a todos los seres de buena voluntad».

Todos doblaron sus rodillas. De sus coronillas surgió una luz morada que ascendió a un metro de altura formándose un círculo resplandeciente. A medida fue pasando el tiempo, podía advertirse una bellísima corona que lentamente se iba disipando, como señal inequívoca del poder de aquellas razas.

Un leve giro en su rostro hacia la derecha hizo al supremo Xilon advertir que la hora había llegado y que todo mundo debía asumir sus posiciones estratégicas.

Segundos después, cada ser espiritual se incorporaba a su propio comando mediante una transferencia de descomposición molecular.

Inmediatamente se activaron las órdenes. La masa de naves intergalácticas empezó a dividirse, desplegándose diferentes comandos según misión encomendada. En ese instante, un enorme grupo de naves de defensa fueron atacadas por los Reptilianos. Disparos cegantes iban y venían. Destellos y escombros deambulaban en el espacio; disparos directos y certeros; evasiones y contraataques. Mientras los cielos estaban en guerra, en la Tierra el tiempo transcurría sin mayores sobresaltos.

Capítulo 15

En la Tierra, los cielos, repentinamente, empezaron a oscurecerse. Las aves, por instinto, buscaron refugio. De repente, todo estaba oscuro. Se escuchaban sirenas y pitos estremecedores. La gente sorprendida y angustiada, con el corazón en la garganta, nada no presagiaba nada bueno para sus vidas.

Toda ciudad, todo pueblo, toda aldea, estaba viviendo lo mismo. Todas las señales de radio y televisión estaban alteradas y distorsionadas; el internet era inestable. Todos estaban aterrorizados. Grupos de personas se arrodillaban. Se escuchaba el gemir y llanto de personas histéricas que no comprendían nada, pero que intuían algo terrible, confundidas y presas del terror.

Casas humildes, grandes mansiones, edificios altísimos en las urbes empezaron a quedarse en silencio. Los vehículos instantáneamente empezaron a detenerse lentamente. Helicópteros y aviones caían del cielo, estrellándose, provocando enormes incendios. En la oscuridad solo se advertían fogonazos y gigantes destello

Los gobernantes terrestres, encuartelados, observaban las enormes pantallas digitales. Pasaban intrigantes noticias de todo el mundo. Se podían observar brigadas militares que se desplazaban a puntos específicos; brigadas médicas atendían desastres en diversos países. Caravanas de personas buscaban refugio. Había muchos desórdenes públicos; saqueos en centros comerciales, robos de cosas de valor.

Durante horas hubo un pánico generalizado. Todo mundo buscaba sus casas. Había inmensas colas de personas tratando de llegar a su hogar.

Las comunicaciones eran restringidas. Los más altos niveles jerárquicos de los países no sabían qué hacer. Era verdaderamente un momento apocalíptico.

Las personas en sus hogares buscaban velas, lámparas, todo cuanto les pudiera servir. Las familias se reunían y daban gracias a Dios por haberse podido reunir.

Más de algún líder de comunidad reunía a sus vecinos a fin de organizarse y así cuidar sus pertenencias.

Pasaron horas. Desde la profundidad del cielo se percibían raros sonidos. Lentamente se empezaron a visualizar titileos resplandecientes. Al principio, eran intermitentes, pero a medida fue pasando el tiempo, empezaron a visualizar relámpagos, hasta que extrañas sombras se dejaban ver. No había duda, poco a poco,

se advirtieron monumentales naves; todas asentándose silenciosamente a menos de 5,000 metros de altura. No había rostro que dejara de mirar al cielo; hasta los que nunca lo hicieron, ahora su expectativa estaba arriba. Rayos luminosos surgían de las naves y su resplandeciente luminosidad dejaba al descubierto su enorme y extraña apariencia. En cualquier lugar, misteriosamente, pasaba exactamente lo mismo. No había movimiento de vehículos terrestres, marítimos o aéreos, todo estaba paralizado. La gente buscaba refugio ante los conatos de violencia, saqueo de supermercados y cualquier lugar que tuviese comida. Ningún arma funcionaba. La gente retornaba masivamente a lo que la tierra le podía dar. Palos de madera, piedras, armas de metal, cualquier cosa que pudiese servir para atacar o defenderse.

Un grito eufórico, se escuchó: «¡Miren!» Una persona señalaba al cielo. Millones de personas fijaron su mirada en las alturas; quizá la primera vez en la vida de esta tierra, los cielos eran invadidos con tantas miradas de manera simultánea.

Parecía que llovían estrellas. Millares de luces empezaron a desprenderse de aquellas naves intergalácticas. Al principio, parecían luceros, hasta que se podía observar nítidamente que eran naves más pequeñas que empezaron a circular en todo el planeta. De ellas surgían rayos celestes que iluminaban a las personas y automáticamente se transformaban según su vibración. Cada persona tocada por esa luz se volvía a su esencia, volvía su sonrisa angelical. Lágrimas de amor surgían, lágrimas de felicidad; sin embargo, muchas personas, indistintamente de su clase social o posición económica, al toque de la luz, se convertían en horrorosos lagartos erguidos los cuales eran eliminados con fulminantes rayos rojizos. Otros, al ser tocados, les salía de sus cuerpos humo negro y eran eliminados por rayos de luz amarillentos lanzados desde las naves. Desde ese momento, las personas se transformaban de tajo al contacto de aquellos rayos.

Esta batalla duró, al menos tres días, tres días de oscuridad. Al filo del tercero, las gigantescas naves fueron desapareciendo una a una.

El guerrero de luz, el supremo Xilon, simultáneamente en todos los confines de la tierra gritó desde lo alto: «Paz en la Tierra, ciudadanos de la Unidad y el Equilibrio; vuestra tierra os pertenece, haced el bien en ella».

Nuevamente brillaba la luz. La Tierra que por miles de años estuvo invadida por una frecuencia negativa, ahora tras su depuración, todo habitante únicamente podía vivir trascendiendo a la frecuencia del amor. Por miles de años la Tierra fue marginada. Ahora era parte activa de la confederación intergaláctica del universo inmediato, por tanto, tomada era tomada en cuenta para continuar la trascendencia a través de una vibración superior.

Al cuarto día, todos los habitantes de la Tierra, sin excepción alguna, se fueron acomodando a una nueva y excepcional forma de vivir. Desde los más altos dirigentes de la Tierra hasta los más humildes, todos se volvieron diferentes. Los más arraigados conceptos de poder y ambición habían desaparecido. De igual manera, toda riqueza fue compartida, el valor del dinero fue radicalmente eliminado. La mentira quedó en el pasado; era imposible hacerlo, pues sus pensamientos se podían percibir y un aura los delataba al querer intentarlo.

Todo empezó a cambiar aceleradamente, cuantos más días pasaban. La frecuencia del amor se iba fortaleciendo.

En los cielos y en la Tierra, los Hermanos de Galaxi se encargaron de acompañar a una nueva generación en los términos que significaba vivir plenamente en la unidad y el equilibrio.

Tiempo después en Galaxi,

En el puerto estelar se anunciaba la llegada de los hermanos intergalácticos. Todo era alegría y entusiasmo. No era para menos, la historia de Galaxi cambiaba, un evento histórico se sumaba a su historia.

 Se había liberado a un planeta hermano que por siglos se había dejado a libre albedrío; donde los pactos de no intervención fueron violentados y el rumbo de trascendencia de los terrícolas fue desviado, quedando atrapado en una baja frecuencia que permitió un enorme atraso de sus habitantes y una marginación de la confederación galáctica, viviendo en una prisión colectiva.

El Estrado Mayor estaba listo. Sólo se esperaba el arribo de las naves y sus tripulantes. Todo mundo comentaba sobre la Tierra, principalmente todos aquellos que en algún momento habían estado de misión voluntaria en áreas científicas y todos aquellos que ahora eran de Galaxi por adopción. Una brigada de cinco poderosas naves surcó los aires. Los ciudadanos de la Unidad y el Equilibrio se alertaron.

Se anunció la llegada de la misión. Todas las naves de tráfico cotidiano despejaron los cielos e intermitentemente se empezó a escuchar un peculiar ruido metálico. Pronto, se observaron aquellas majestuosas naves arribando victoriosamente al puerto estelar de Galaxi.

El Estrado Mayor estaba completamente lleno de ciudadanos de la Unidad y el Equilibrio. Todos querían ver a sus héroes. Del centro empezó a levantarse una plataforma circular; en ella el venerable Consejo de Ancianos, amorosamente inquietos, esperaban a los misioneros. Tras la cuarentena en una gigantesca área de desintoxicación, una compuerta majestuosa se desprendió; la primera persona en salir fue Arista, acompañada de Carlos Hilman; y entre de ellos un féretro de vidrio con los restos de Arita, madre de Arista, rescatada de una base secreta de la Tierra.

Todo mundo se puso de pie y vitoreaban; los demás miembros de la misión de igual manera fueron amorosamente recibidos y admirados.

Todos se ubicaron en torno al Estrado Mayor. Así sucesivamente, cada nave era desintoxicada y dejaba ver a sus gloriosos misioneros.

Mientras uno de los ancianos del Estrado Mayor daba la bienvenida, Arista miró a su madre tras la cristalina vitrina donde los restos de su madre reposaban. Carlos, pendiente de Arista, también contemplaba el cuerpo de una valiente mujer, con tradición y reconocimiento de su pueblo.

Un ruido particular hizo que Arista recordara el rescate de los restos de su madre: «¡Cuidado!, a las tres , naves Reptilianas ¡Carlos, toma el control!» Ambos, con el aval de Xilon el supremo jerarca de la misión, descendían en una nave de rescate cuando se dieron cuenta que eran perseguidos por una nave enemiga; luego de una larga persecución, lograron perderla tras ser derribada por una nave marciana, logrando descender a la tierra. Una fuerte señal les indicaba que estaban por llegar. Era uno de los cuarteles más conocidos por Arista, justo ahí había conocido a Carlos Hilman. Ambos se tomaron de la mano. Estaban a punto de descender. Desde la ventanilla un grupo de militares custodiaban un féretro especial, con dispositivos internos que artificialmente aclimataba su interior a una temperatura específica, con el fin de proteger los restos que un día habían sido encontrados por astronautas en una misión secreta a la Luna.

Tras mencionar varias veces el nombre de Arista, ésta reaccionó y automáticamente levantó sus manos a la multitud. El Consejo de Ancianos agradecía todo el amor que Arista había puesto para recuperar los restos de su madre y de ser pionera por siglos en un planeta inestable, convulsionado, pero que gracias a la ciencia de Galaxi y su pleno amor, había fructificado hasta lograr la trascendencia de tan bella tierra. Posteriormente, el nombre de Carlos Hilman era mencionado por el anciano en el Estrado Mayor. Ambos se encontraron en una dulce mirada y sonrieron.

— ¡Gracias Carlos! ¡Gracias Carlos! Mi amor es tu amor.

—¡Lo sé!, ¡lo sé!, —respondió Carlos de manera telepática. Asimismo, el venerable anciano finalizó diciendo:

«Seguiremos apoyando a los planetas que en su interior existan habitantes que anhelan trascender y seguir los pasos para cambiar a nuestra frecuencia, a la frecuencia del Amor».

Tiempo de Galaxi después.

Arista y Carlos Hilman en algún lugar del universo observan un mapa interestelar. Es un enorme holograma. Con su dedo índice, toca un punto específico y empiezan a visualizar grandes centros urbanos, ancestrales ciudades que aún no pueden trascender, pues sus habitantes tienen muy baja vibración y la historia casi es la misma. Se miran y amorosamente sonríen.

FIN

EPÍLOGO

Un salto de fe, el sueño y la esperanza de ser dueños de nuestro futuro al que estamos destinados, el encuentro con nuestra divinidad tras miles de años de lenta evolución.

La Tierra nunca tuvo la oportunidad real de trascender a una forma de vida diferente, donde la frecuencia del amor fuese constante, única y verdadera.

No hay duda de que Arista consolida el sueño de su madre Arita; por supuesto, el amor fue ingrediente perfecto en esta aventura intergaláctica, donde un benevolente científico llamado Carlos Hilman tuvo la suerte de rescatarla de las fuerzas militares en una base secreta, tras tener su nave un grave accidente.

Es evidente que siempre es más real y efectivo contar con alianzas con el fin de lograr objetivos difíciles y complejos, no importando el tiempo; en nuestra historia esto duró miles de años para llegar a feliz término.

Durante muchos siglos los Reptilianos y fuerzas oscuras de baja vibración gestaron una invasión lenta pero segura, aun cuando los convenios interestelares fueron no intervenir a nuestro planeta, garantizando el libre albedrío y permitir desarrollar nuestra propia evolución. Sin embargo, estos seres oscuros manipularon toda la verdad afín de desviarnos del sentido único de la verdad: descubrir nuestra verdadera esencia cósmica y divinidad espiritual.

No podemos imaginar cómo sería el amor entre dos seres de galaxias diferentes, separados por años luz de distancia; sin embargo, queda claro que nuestros protagonistas descubren que, si es posible, pues el amor es universal, aunque su mágica vibración sea una utopía para la mayoría de los habitantes de la Tierra. Con el tiempo nos damos cuenta que hemos nacido de esa fuente y que nuestro retorno hacia ella es inevitable.

Nuestra historia deja al descubierto muchas verdades, como el hecho de asegurar que en este vasto Universo existen miles de civilizaciones que llevan sus propios ritmos de evolución, lo que permite interpretar que nuestra Tierra, siendo una de ellas, sólo logra trascender al eliminar el odio, el rencor, la mentira, el sufrimiento físico, y por supuesto, la eliminación del dinero, nuestro talón de Aquiles.

Nuestra aventura apenas comienza y muy pronto descubriremos la verdad sobre el retorno de Arita, madre de Arista, y su padre perdido en algún lugar del Universo, quienes conforman una verdadera familia de alineadores a la frecuencia del amor.

Próximamente,

LA HISTORIA CONTINÚA

ARISTA
EN LAS SOMBRAS DEL
PLANETA PHI.

¡No te la pierdas!